Titolo dell'originale norvegese
BARNA FRA SUKHAVATI

ISBN 88-7782-835-8

Edizione su licenza della Longanesi & C.
Prima edizione Salani aprile 1999

Jostein Gaarder

COSA C'È DIETRO LE STELLE?

Traduzione di Laura Cangemi
Illustrazioni di Paolo Cardoni

Romanzo

SALANI EDITORE

A Nikolas

il fiore di cristallo

Il fiore di cristallo

Hai mai guardato le stelle?

Sei mai rimasto fuori a lungo, soltanto per contemplare le stelle? Così a lungo da sentirti girare la testa. Non perché tenevi la testa piegata all'indietro, ma perché il tuo sguardo arrivava tanto lontano.

Più la notte è nera, più in là riusciamo a vedere nello spazio celeste...

Hai mai pensato a cosa c'è *dietro* le stelle? Altre stelle, naturalmente. Ma dietro a quelle?

Cosa c'è al di là di tutto?

Al di là di tutto ciò che esiste, c'è il paese di Sukhavati. Ci sono montagne altissime e valli profonde, ma Sukhavati non è un pianeta.

Se tu abitassi nel paese di Sukhavati, potresti camminare per l'eternità senza mai ritrovarti al punto di partenza.

Prova a immaginare un grande campo da calcio. Al centro del campo c'è un pallone. Allo stesso modo, il nostro Universo è una sfera che si trova in un punto del paese di Sukhavati.

Quando stiamo fuori a guardare le stelle, in una

fredda notte invernale, vediamo le pareti di quella sfera. Non potremo mai penetrare con lo sguardo nel paese di Sukhavati.

Quanti anni hai?

Forse dieci, forse settanta.

Aver vissuto dieci o settant'anni non significa aver vissuto a lungo, se si pensa che l'Universo ha molti miliardi di anni. Eppure spesso si ha l'impressione di esistere da sempre!

Non riusciamo a ricordare la nostra nascita. Da quando ricordiamo qualcosa, ci siamo sempre stati...

Anche nel paese di Sukhavati abitano delle persone. Ma loro esistono da sempre, non sono nate da una madre, come noi. Non si ammalano nemmeno. E non muoiono mai.

Tutto ciò che c'è nel paese di Sukhavati è sempre esistito.

In quel paese sconfinato vivono solo due bambini. Si chiamano Lik e Lak, e hanno all'incirca lo stesso aspetto dei bambini che abitano nel Mondo. Lik è una ragazzina con lunghi capelli scuri e gli occhi castani. Lak è un maschietto, ha gli occhi azzurri e i capelli un po' più chiari. Indossano degli splendidi vestiti verdi.

Esiste una sola grande differenza tra Lik e Lak e i bambini del Mondo: Lik e Lak non hanno l'ombelico. Se si sfilassero i loro vestiti verdi, te ne accorgeresti subito.

Tutti gli esseri umani che vivono sulla Terra hanno un ombelico al centro della pancia, perché tutti, un tempo, sono stati nell'utero della loro mamma.

Lik e Lak non sono mai stati neonati: sono sempre stati grandi uguali, fin dall'eternità. Sebbene non abbiano né un padre né una madre, vengono spesso chiamati 'gemelli'.

Di solito i gemelli giocano sopra un grande cumulo di pietre che si trova dietro il Monte Sunyata. Non sono mai costretti ad andare a letto perché è buio: nel paese di Sukhavati non scende mai l'oscurità. Lik e Lak giocano finché ne hanno voglia, e quando sono stanchi schiacciano un pisolino.

Nel cumulo ci sono molti miliardi di pietre di ogni dimensione. Alcune sono piccole come piselli, altre grandi come montagne.

Con tutte quelle pietre Lik e Lak hanno costruito un grande castello, un vero castello di molti piani e molte stanze, con alte torri, vaste sale e sotterranei profondi. Questo castello si chiama Ananda.

Non è poi tanto strano che siano riusciti a costruire Ananda, se si pensa che sono molte migliaia di anni che ci lavorano.

Ogni tanto, Lik e Lak giocano a nascondino nel castello di pietre. Ci possono mettere delle ore o dei giorni a trovarsi, e se anche ci vuole una settimana intera, non per questo se la prendono.

Lik e Lak non contano le ore. Perché dovrebbero farlo?

Qualche volta accade che si stanchino e debbano dormire un po', mentre uno cerca l'altra o aspetta di essere trovato. Però non c'è bisogno di fermare il gioco per mangiare. Nel paese di Sukhavati non è necessario nutrirsi, e Lik e Lak lo fanno solo quando Olivia prepara qualcosa di particolarmente buono.

Nel paese di Sukhavati il corpo non si modifica nemmeno di un millimetro. I capelli e le unghie non crescono. Lik e Lak non hanno neanche bisogno di lavarsi. Nel paese di Sukhavati è tutto pulitissimo.

Dopo aver giocato a nascondino o aver costruito un pezzo di Ananda, di solito i due bambini vanno a trovare Oliver. Per loro è il massimo dei divertimenti. Oliver sa creare delle cose molto insolite, e inoltre racconta le favole.

Oliver racconta favole a Lik e Lak da sempre, per quanto loro possano ricordare. Ma non ripete mai la stessa storia, ne inventa sempre di nuove. Però dice che ognuna è collegata alle altre, perché parlano tutte del Mondo.

A Lik e Lak sembra strano che nella testa di Oliver ci sia spazio per l'intera grande storia del Mondo.

«Come hai fatto a inventare tutte queste storie?» gli chiedono.

«Su, su, bambini, calma! Come sapete, Sukhavati esiste da sempre. Dunque io ho avuto tutto il tempo che volevo per mettere insieme la storia del Mondo».

Oliver abita in una grande grotta ai piedi del Monte Sunyata. Si chiama Pleroma e all'esterno è dipinta con molti colori vivaci: rosso, blu, giallo e violetto.

Appena si mette piede dentro Pleroma, ci si accorge che chi ci abita è un grande mago.

«Finché vivrò, continuerò sempre a inventare cose» dice Oliver.

Come avrai capito, questo significa che continuerà per l'eternità.

Oliver non si limita a creare nella sua testa la storia del Mondo che racconta a Lik e Lak. Lungo le pareti di Pleroma ci sono delle vetrine con le ante di cristallo. Lik e Lak non si stancano mai di guardare le migliaia di figurine minuscole e di oggettini che si trovano dentro quelle vetrine: li ha costruiti tutti Oliver.

Quando Oliver è da solo, e lo è per la maggior parte del tempo, spesso se ne sta seduto su una sedia a dondolo gialla, a fumare la pipa.

Ora, non devi pensare che lo faccia per puro piacere. In realtà non è che vada pazzo per il tabacco. Tutto quel fumare la pipa ha il solo scopo di creare delle forme con le nuvolette di fumo. Se tu entrassi nella grotta di Oliver mentre fuma la pipa, probabilmente penseresti che nell'aria stiano danzando persone e animali.

Nel paese di Sukhavati non esistono animali. Ma Lik e Lak hanno visto tutti gli animali della Terra nelle nuvolette di fumo. Oliver è infatti in grado di mostrare a Lik e Lak, con il fumo della pipa, tutto ciò che racconta loro del Mondo.

Devo anche dirvi che, in un angolo della stanza, c'è un grande vaso di cristallo, pieno di minuscole palline di carta di colori diversi. Non sono normali palline di carta, ma semi della creazione.

«Bambini!» dice spesso Oliver a Lik e Lak. «Andatemi a prendere qualche semino».

«Urrà!» esclamano allora Lik e Lak, tutti contenti.

Poi Oliver versa in un piattino un po' d'acqua che prende da un secchio sotto il banco e vi lascia cadere dentro qualche pallina di carta. E allora succede una cosa che Lik e Lak trovano sempre divertente, anche se l'hanno vista molte volte.

Le palline assorbono l'acqua e iniziano a crescere, trasformandosi in grandi leoni ed elefanti, ragni e cespugli di mirtilli rossi, rane e tartarughe, cavalli e pecore, alberi e case, uomini e dinosauri.

Il tutto non dura più di qualche minuto, poi i semi della creazione si seccano nuovamente. Allora a Oliver non resta che raccoglierli e rimetterli dentro il vaso. Qualche volta, però, i semi della creazione che finiscono nel piattino pieno d'acqua sono così tanti che nella stanza prendono improvvisamente forma immagini di tutti i tipi, e la grotta si riempie di figure di carta.

Se Oliver è un po' di cattivo umore, capita che cacci via dalla grotta Lik e Lak proprio così. In pratica i bambini sono costretti a scappare di corsa da Pleroma perché non c'è più spazio.

«Eh eh!» grida Oliver. «Vi sta proprio bene!»

Non è possibile parlare di Oliver senza raccontare dello splendido Fiore di Cristallo, che cresce in alto, lungo il pendio che sale verso il Monte Sunyata. È un piccolo fiore blu, non molto più grande di un filo d'erba. Olivia lo chiama Erba delle Lacrime.

Tra i petali del Fiore di Cristallo cresce sempre una goccia di cristallo. Una volta all'anno cade, e scivolando lungo il pendio si trasforma in una piccola perla che finisce per colpire un grande coperchio appoggiato davanti all'ingresso di Pleroma. Allora fa 'Pling!', e il suono riecheggia molto lontano, perché a Sukhavati regna un grande silenzio.

Oliver raccoglie e conserva gelosamente quelle perle di cristallo: sono il bene più prezioso che possieda. Lik e Lak sanno anche che le usa quando deve costruire qualcosa di assolutamente straordinario. Una volta ha detto che il Fiore di Cristallo racchiude un grande segreto, ma che non lo rivelerà mai a Lik e Lak. I due bambini pensano che si tratti di qualcosa di triste, perché Olivia dice che il Fiore di Cristallo piange, e che la goccia tra i petali è una lacrima che si trasforma in perla non appena tocca il pendio.

Forse tu pensi che versare una sola lacrima all'anno non sia poi tanto tragico. Ma il tempo trascorre così lentamente, nel paese di Sukhavati, che è impossibile paragonarlo al nostro. Olivia dice che il Fiore di Cristallo piange a dirotto...

Ogni tanto, Lik e Lak si siedono davanti al fiore e aspettano che la perla di cristallo cada. Tentano di calcolare il tempo, ma capita che stiano lì seduti anche un mese o due prima che succeda qualcosa.

«Ecco che cade!» gridano nell'attimo esatto in cui la goccia si stacca dai petali del fiore.

Poi seguono con lo sguardo la piccola perla, che s'infila in una fessura della roccia, e scende fino a Pleroma. 'Pling!'

Impiega diverse ore a percorrere quel lungo tratto. Poi trascorre un anno intero, prima che sia di nuovo il momento.

'Pling!'

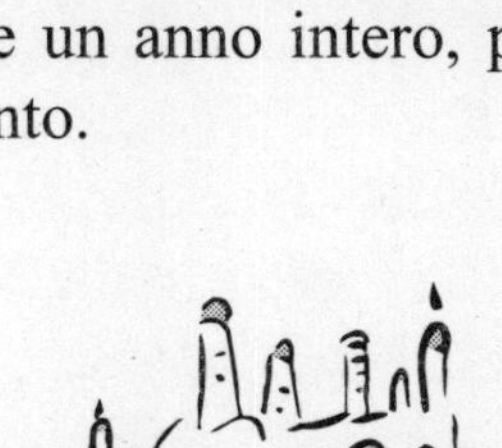

Oliver e Olivia

Oliver e Olivia

Lik e Lak stanno giocando a nascondino dentro Ananda. Sono passati tre mesi e Lak non è ancora stato scoperto. Si è nascosto in cima a una torre alta e stretta nell'ala nordorientale del castello.

Quando Lik lo trova, Lak è disteso con la testa su un braccio, e dorme.

«Ti ho trovato!» esclama Lik, scuotendolo.

Lak si alza confuso e la guarda con gli occhi sbarrati.

«Ho sognato la favola» dice. «Era proprio come se ci fossi *dentro*. Prima sono stato a Oslo, ma poi sono anche andato su un'isola del Pacifico...»

Scendono insieme la scala dell'alta torre.

«Secondo te, il Mondo c'è per davvero?» continua Lak.

«In che senso, per davvero?»

«Esistono davvero i maiali, gli elefanti e tutto il resto? E anche le cavallette, e i jet?»

«Certo che qualche volta sei proprio buffo. Sai bene che è una favola: è tutta nella testa di Oliver».

«Be', ma scusa, nella sua testa non girano mica le automobili e i jet, no?»

«Ma va', sciocchino! Lui li pensa, e basta!»

Sono arrivati nel cortile dell'ala nordorientale. Nessuno dei due ha bisogno di chiedere all'altro dove sono diretti: stanno andando da Oliver.

Lassù, sulla destra, vedono la grotta variopinta. Risalta sullo sfondo persino in lontananza, perché a Sukhavati mancano quasi completamente i colori, e tutto il paese è marrone e grigio. Solo la grotta di Oliver e la foresta di Olivia sono colorate. In tutto il paese di Sukhavati, solo a Oliver, Olivia e ai due bambini importa di queste cose.

«Oliver! Oliver!»

I gemelli fanno capolino all'ingresso della grotta.

«Entrate, entrate, miei cari piccolini. Eh, eh!»

Oliver è chino sul suo banco. Oggi ha creato un uovo.

«Tra un attimo» mormora, «vedrete qualcosa che difficilmente dimenticherete...»

Lik e Lak si precipitano al banco delle magie.

Oliver prende l'uovo, e lo riscalda un po' tra le mani. A un certo punto i due bambini sentono provenire dall'interno una specie di ronzio. Allora Oliver appoggia delicatamente l'uovo sul banco e lo fissa.

Improvvisamente accade qualcosa di strano: l'uovo si rompe da dentro, e dal guscio escono migliaia di figurine minuscole, delle dimensioni di una capocchia di spillo.

Il vecchio si volta e afferra una grossa lente d'ingrandimento. Poi l'appoggia sul banco e fa cenno a

Lik e Lak di guardare attraverso la lente, uno alla volta.

Da quello strano uovo esce un mondo intero: un formicolio di case, alberi, uomini e animali.

Ti è mai capitato di vedere uscire un'infinità di minuscole formiche da sotto una pietra o da dietro la corteccia di un ramo secco? Ecco, è più o meno uno spettacolo simile.

Dopo un po' si ferma tutto. Oliver allora raccoglie la polverina sul banco e la mette in un bicchierino che prende da uno scaffale.

«Ecco fatto!» esclama.

«Oliver! Oliver!»

Lik e Lak battono le mani.

«Su, su, bambini. Non esageriamo, per piacere».

Poi Oliver si avvicina a una vetrina d'angolo. Dopo aver frugato un po' in un vecchio scrigno, tira fuori una pipa verdazzurra, cerca qualche rimasuglio di tabacco in una lucida scatolina metallica, si siede sulla sedia a dondolo gialla, prepara la pipa, l'accende con un fiammifero, e soffia una grossa nuvola di fumo nella stanza.

Il fumo ha dapprima la forma di una normale nuvoletta, ma poi si concentra, trasformandosi in un cavallo.

«Ecco fatto!» esclama di nuovo Oliver.

«È un cavallo?» chiedono i bambini ammirati.

I contorni del cavallo rimangono netti solo per un attimo, e subito si dissolvono. Lentamente, ma inesorabilmente, il fumo si dirada nella stanza, facendosi sempre più sottile e salendo verso il soffitto, per poi sparire completamente.

«Era un cavallo, già...»

Oliver si alza dalla sedia gialla, che continua a dondolare senza di lui, oscillando avanti e indietro come un'altalena abbandonata.

Rimette a posto la pipa e torna a sedersi.

«Allora» esclama di buon umore, riprendendo a dondolare, «che cosa volete che vi racconti? Di alte montagne e valli profonde? Del giorno e della notte? Di leoni ed elefanti? O della ricerca del petrolio nel Mare del Nord?»

Ma Lik e Lak non vogliono ascoltare favole, oggi. Rimangono in piedi davanti alla sedia a dondolo, imbarazzati.

«Non adesso» risponde Lik esitando. «Vogliamo sapere se tutto questo *esiste* per davvero».

«Per davvero, hai detto?»

Oliver guarda serio i due bambini, in piedi ai lati della sedia a dondolo.

«Una favola, bambini. È solo una vecchia favola».

«Ho sognato che *ero* là» dice Lak.

«Su, su, ragazzo mio. In questo caso sei stato nella mia fantasia».

«Nella tua fantasia?»

Oliver si tocca la testa: «Vivono qui dentro.

Dentro questo vecchio testone. Ma non lo sanno. Viene quasi un po' di tristezza, a pensarci».

«Ma le cose del Mondo non sono vere?»

«Adesso calmatevi». Solleva l'indice e li guarda serio: «Per *noi* il Mondo è una favola. Ma nella favola... lì è tutto vero».

«Sul serio?»

Negli occhi di Lik e Lak compare di nuovo lo sguardo sognante che hanno sempre quando pensano alla favola.

«Non significa niente, capite? Tutti gli esseri umani di cui vi ho raccontato, in qualche modo vivono la loro vita nel Mondo. Ma dormono, bambini, non vedono se stessi...»

«E tu non puoi dirglielo?»

«Volete scherzare...»

«Magari potremmo fare un viaggio dentro la favola!»

«Eh, eh! È più facile fare un sogno che permettere a qualcuno di entrarci. Non potete entrare in una favola, bambini. In questo caso dovreste diventare una favola anche voi. Oppure...»

Il vecchio rimane seduto con lo sguardo fisso nel vuoto.

«Oppure cosa, Oliver?»

«Oppure il Mondo dovrebbe diventare una cosa concreta. Perché in una cosa si può entrare. Sì, ci si può penetrare con tutto il corpo».

«Ma è *possibile*? Il Mondo può diventare una cosa concreta?»

Improvvisamente, nella grotta scende un silenzio assoluto.

«Be', sì... Oh, no, bambini! No! È meglio che la favola resti così com'è».

«Per favore!»

«Voi mi tentate. Non è una bella cosa, lo sapete?»

«Lasciati tentare!»

«E va bene... Allora dobbiamo mandare a chiamare Olivia. Siamo stati noi due a fare questo sogno insieme. Forse saremo in grado di ridargli vita».

Lik e Lak guardano il vecchio, tutti seri.

«Olivia...» mormora lui con aria pensosa. «Sono centomila anni che non ci vediamo».

«Ma lei può *fare* il Mondo?»

«Non da sola. Nessuno di noi due può farlo da solo. Ma insieme, bambini, insieme io e Olivia dovremmo riuscire a *creare* la favola».

«Andiamo subito a prenderla».

Lik e Lak sono già sulla porta.

«Però non dite che sono stato io a mandarvi!»

Olivia abita in un grande fungo, nel profondo di una foresta di nome Samadhi.

Lik e Lak fanno spesso delle lunghe passeggiate da quelle parti, e qualche volta vanno a trovare Olivia. È tutto molto bello, nel suo fungo, e poi lei prepara sempre qualcosa di buono con i frutti della foresta di Samadhi.

Il fungo è alto tre piani, e ogni piano ha tre stanze. In cima c'è una grande terrazza. È qui che Olivia trascorre la maggior parte del tempo, perché dalla terrazza può spaziare con la vista su tutta Samadhi.

Nella foresta crescono fiori e piante di ogni tipo. Tutto continua a crescere senza sosta. Tranne Olivia, naturalmente, che non cresce. È rimasta sempre uguale, da quando Lik e Lak la conoscono. E questo significa da un bel po' di tempo, visto che nel paese di Sukhavati nessuno può fare *nuove* conoscenze.

Non sempre Olivia è gentile, anzi, è ancora più lunatica di Oliver. Se ha mangiato qualcosa di acido o di amaro, diventa lei stessa acida e amara. «Sciò!» esclama in questi casi. «Via, monellacci!» o «Sparite, piccoli guastafeste!». Ma il suo cattivo umore non dura a lungo. Appena mette in bocca qualcosa di dolce, si calma subito. «I miei cari zuccherini!» dice allora, «caramelline mie», oppure «i miei piccolini».

Lik e Lak corrono e saltellano in mezzo alle pietre, ai piedi dell'alta montagna: stanno andando a prendere Olivia.

Sperano che si sia abbuffata di gelatina di rose. O di budino alla vaniglia. Non osano pensare a cosa potrebbe accadere nel caso abbia appena mangiato dell'aglio o dell'uva ursina.

Sulla Terra, per lo più, le piante sono verdi. Ma nella foresta di Samadhi non è così: qui l'erba e le foglie degli alberi sono di tutti i colori dell'arcobaleno. E dappertutto si sente un profumo di fiori che solletica il naso.

Lik e Lak imboccano il sentiero che si snoda in mezzo ai cespugli e agli alberi. Dopo aver corso per una settimana intera, vedono il fungo di Olivia.

«Olivia! Olivia!»

Iniziano a chiamarla molto prima di arrivare.

Poi si accorgono che Olivia è sulla terrazza e sta agitando una foglia di albero della gomma.

Scende e li accoglie sulla porta.

«Si può sapere perché arrivate così di corsa?» chiede. «Nella foresta di Samadhi deve regnare la calma, il silenzio delle piante, lo sapete bene. Avete capito?»

Lik e Lak si guardano. Ha sicuramente mangiato qualcosa di acido.

«Il Mondo» ansima Lak. «Oliver dice che...»

Fa fatica a respirare.

«Bah! Oliver, eh? Quella vecchia pipa ammuffita!»

«Lui dice che insieme potete *fare* il Mondo...»

«Ah, e così non ha ancora rinunciato alle sue vecchie magie, eh? Eppure aveva detto che si sarebbe limitato alle palline di carta e al fumo di pipa. Dovrebbe accontentarsi delle magie *piccole*, dico io».

Entrano nel fungo. Nonostante tutto, Olivia li fa entrare. E non appena si trovano nella stanza rivestita di trifoglio, Olivia mangia una grossa cucchiaiata di miele da un vaso che si trova sul suo tavolo. Schiocca la lingua soddisfatta e si lecca le labbra.

«Per favore, Olivia!» esclamano speranzosi Lik e Lak.

«E va bene, allora andiamo. Hi, hi! I miei piccolini...»

Olivia e i bambini attraversano Samadhi. Se la prendono comoda: Olivia non vuole correre. Si ferma a toccare tutte le piante della foresta. Dopo quattordici giorni si ritrovano davanti a Pleroma.

Entrano senza esitare. Oliver è seduto sulla sedia a dondolo, ma questa volta non sta fumando la pipa. È immerso in pensieri profondi.

Olivia rompe il silenzio:

«Sono centomila anni che non ci vediamo, brutto barbone».

«Ehi, bada a come parli, grossa banana rinsecchita che non sei altro!»

Poi non dicono più nulla finché non finiscono di baciarsi e stringersi forte forte.

«I tempi sono maturi» dice Oliver per entrare in argomento.

«Come una grossa zucca sul punto di scoppiare» constata Olivia.

Continua Oliver: «Fino adesso il Mondo non è stato altro che un'idea, una favola leggera come l'aria, un sogno spumeggiante...»

Alza lo sguardo su Olivia.

«Capisci cosa ti sto chiedendo, mammina delle piante? È venuto il momento di realizzare sul serio un vecchio piano...»

«Per favore!» dice Lik.

«Così potremo partire» aggiunge Lak, con lo sguardo sognante, come se già vedesse il Mondo davanti a sé.

Olivia abbassa gli occhi sui bambini. Pesca dalla tasca del suo grembiule un sacchettino e si mette in bocca una grossa caramella alla fragola.

«I miei piccolini» gorgheggia. «Siete talmente curiosi da far venire solletico al naso. Hi, hi! Bambolini di zucchero!»

A quel punto Oliver spiega che il Mondo potrà diventare reale solo se lui e Olivia faranno esattamente lo stesso sogno. Se riusciranno a sognare senza svegliarsi tutte le storie che Oliver ha raccontato a Lik e Lak, il Mondo diventerà una cosa concreta.

«Ma allora dobbiamo dormire davvero a lungo» mormora Olivia.

«Per mille anni» precisa Oliver. «È necessario che siano mille...»

l'universo

L'Universo

Lik e Lak tornano al grande castello ai piedi del Monte Sunyata. Non potranno ripresentarsi alla grotta finché non saranno trascorsi mille anni. Nessuno deve disturbare il sonno di Oliver e Olivia.

A Lik e Lak non pare che mille anni siano un'attesa tanto lunga. Mille anni non sono troppi, quando il tempo non ha inizio e non ha fine.

I due bambini scorrazzano in mezzo al cumulo di pietre e raccolgono sassi per Ananda. Il castello continua a crescere, sia in altezza sia in larghezza. Lik e Lak costruiscono dodici nuove sale, centoquarantaquattro camere da letto, undici sotterranei e ventidue torri.

Nel frattempo corrono su e giù per il castello giocando a nascondino. Oppure vanno a fare delle passeggiate nella foresta di Samadhi. Qualche volta si spingono anche più lontano, nella pianura di Advaita, dove non c'è nulla, e tutto è completamente vuoto.

A intervalli regolari si avvicinano piano all'ingresso di Pleroma: devono contare le perle di cristallo per sapere quanti anni sono passati. Alla fine riescono a contarne novecentonovantanove. Ormai non resta che aspettare il prossimo 'pling!'

Quando accade, stanno riparando la finestrella di un sotterraneo di Ananda.

«Pling!» si sente all'improvviso.

«Urrà!» esclama Lak battendo le mani. «Corriamo a Pleroma!»

Quando arrivano, Oliver e Olivia si stanno proprio svegliando: sono seduti ognuno su un divano e si strofinano gli occhi per spazzare via ogni traccia di quel lunghissimo sonno. È divertente vedere quanto sono disorientati dopo aver dormito mille anni.

«Ce l'avete fatta?» chiedono Lik e Lak in coro.

«Ecco, bambini. Quello che vedete laggiù è il Mondo...»

Oliver indica il banco delle magie.

In quel momento Lik e Lak si accorgono che al centro del banco c'è una sfera. Si precipitano a guardare.

La sfera ha le dimensioni di un pallone da calcio e sembra una grossa perla. È bianca, pur avendo la consistenza del vetro. I bambini la sfiorano delicatamente; a toccarla è tiepidina.

«È *questo qui* il Mondo?» chiede Lik meravigliata. «Com'è piccolo».

«Eh eh! Non quando lo si vede da dentro, ragazza mia. Da dentro, l'Universo è infinitamente grande. Ma racchiude il suo segreto».

I bambini lo guardano senza capire.

Oliver spiega che all'inizio il Mondo era piccolo come una capocchia di spillo. Non appena Oliver e Olivia si sono addormentati, una minuscola perla che si trovava sul banco ha iniziato a crescere. Con il trascorrere degli anni è diventata sempre più grande. E adesso, dopo mille anni, ha raggiunto le dimensioni di un pallone da calcio.

«Ma il suo peso è rimasto costante» continua Oliver. «Quando aveva le dimensioni di un pisello, era un pisello terribilmente pesante...»

Lik e Lak provano cautamente a sollevare la sfera. Ma non ci riescono, non si sposta di un millimetro.

«È pesantissima, ve ne siete accorti, eh?» dice Olivia. «È perché non ha ancora finito di espandersi».

È passato molto tempo da quando è accaduto tutto questo. È passato molto tempo da quando il Mondo era una piccola sfera all'interno di Pleroma.

Poco dopo il risveglio di Oliver e Olivia dal sonno in cui avevano sognato la lunga storia del Mondo, un compito importante chiamò a raccolta le forze di tutti gli abitanti. Nel giro di pochi giorni la sfera era diventata un grosso pallone delle dimensioni di un piccolo corpo celeste: Pleroma non era abbastanza grande per contenerla. Il Mondo doveva essere spostato nella pianura di Advaita.

Sebbene la sfera non avesse ancora superato le dimensioni di un corpo celeste, era talmente pesante che tutti gli abitanti di Sukhavati dovettero dare un aiuto per farla rotolare. Lik e Lak non dimenticheranno mai quel giorno. Olivia preparò gelatina di sorbole per tutti, perché avessero almeno una ricompensa per lo sforzo fatto.

Da allora in poi il Mondo è rimasto a lievitare nella pianura di Advaita.

Lik e Lak vanno avanti a costruire il loro castello, mentre la sfera nella pianura di Advaita continua a crescere. È ormai talmente grande che la si può vedere da ogni punto di Sukhavati. Si erge dal terreno come una gigantesca cupola.

Ogni volta che Lik e Lak vanno a trovare Oliver nella sua grotta, lui racconta cosa sta accadendo dentro la sfera.

Quello che all'inizio non era che un puntolino minuscolo all'interno di Pleroma, ora è diventato l'Universo, con le sue lune, le stelle, le nebulose e i pianeti. Uno di quei pianeti è la Terra.

«E ora» dice Oliver, «ora iniziano tutte le storie che vi ho raccontato: adesso stanno cominciando per davvero».

«Per davvero?» esclama Lak disorientato.

«Sì, dentro la sfera».

«Dentro ci sono gli esseri umani, i cavalli, le mucche e i jet?» chiede Lik.

«Certo, bambini. Adesso lì dentro ci sono degli

esseri umani. Forse stanno osservando il cielo. Quando è notte, vedono lontanissimo, vedono le stelle e le nebulose. Ma non possono mai vedere nulla al di fuori della sfera».

Lik e Lak ascoltano avidamente Oliver.

«Come fanno a starci le stelle e le nebulose, dentro la sfera?» s'informa Lak.

«A starci? Hai chiesto come fanno a starci, ragazzo mio?»

Lak alza lo sguardo su di lui, attento a ogni parola.

«Se ci stavano nella mia testa» risponde Oliver, «ci stanno di certo anche nella sfera...»

Lak crede di capire cosa intende Oliver.

«Una volta hai detto che avremmo potuto penetrare nel Mondo...»

«Certo, certo. E adesso è arrivato il momento. È giunta l'ora di intraprendere il grande viaggio».

«Urrà!» gridano in coro Lik e Lak.

«Certo, bambini. Ma prima dobbiamo andare a prendere Olivia».

Lik e Lak stanno per avventurarsi dentro la favola... Oliver, Olivia e i due bambini partono alla volta di Advaita. L'enorme sfera rotonda di madreperla si fa sempre più grande man mano che si avvicinano.

Lik e Lak sono venuti a guardarla molte altre volte, e hanno alzato gli occhi verso la cupola ammutoliti dalla meraviglia, certi che un giorno... un giorno sarebbero partiti per il viaggio che li avrebbe portati dentro quella sfera.

Qualche volta anche Oliver li ha accompagnati. Lik e Lak hanno visto dei puntolini scintillanti brillare all'interno della cupola, spostandosi quasi impercettibilmente.

«Sono le stelle» ha spiegato Oliver.

Lik e Lak hanno alzato gli occhi al cielo.

«Intorno a una delle stelle, nel profondo della sfera, la Terra segue la sua orbita. Un anno, bambini, ci vuole un anno perché la Terra compia un giro intorno al sole. Calcolano il tempo così...»

Oliver, Olivia e i bambini raggiungono la sfera nella pianura di Advaita. Si trovano praticamente sotto di essa, perché solo una piccolissima parte tocca il terreno. Solo in un punto il Mondo è collegato alla pianura.

«Come faremo a entrarci?»

«Calma, adesso, bambini... Ho costruito un'altra sfera con le gocce del Fiore di Cristallo. Con quella potete viaggiare sicuri».

Oliver indica una sfera di cristallo. Assomiglia un po' al Mondo, solo che è infinitamente più piccola.

«Vi devo affidare un incarico» continua Oliver.

«Cos'è un incarico?»

«È qualcosa che voi dovrete *fare*, una volta là dentro».

Lik e Lak guardano Oliver e Olivia pieni di curiosità.

«Dovrete dire agli esseri umani che il Mondo è una favola. Capite cosa vi dico? Una grande favola».

Oliver indica serio la cupola:

«Là dentro considerano il Mondo una cosa ovvia. Lo chiamano ‘realtà’, punto e basta! Molti esseri umani non provano nemmeno gioia per il fatto di vivere. Dicono di annoiarsi. Creature ingrate! E pensare che noi abbiamo impiegato centinaia di migliaia di anni per creare tutto questo».

«E abbiamo dormito per un pezzo» aggiunge Olivia.

Oliver apre uno sportello nella sfera di cristallo.

«Con questa sfera potrete muovervi liberamente nel Mondo» spiega. «Basta che diciate dove volete andare, e sarete già lì».

Un brivido freddo scende lungo la schiena di Lik e Lak. Possono andare dove vogliono...

«Desidero farvi un regalo anch’io» dice Olivia. «Potreste trovarvi in pericolo. Potrebbe capitarvi di dover scappare il più in fretta possibile...»

Lik e Lak alzano gli occhi su Olivia. Oggi non ha mangiato niente di acido né niente di dolce. Deve aver mangiato qualcosa di serio.

«Se vi guarderete dicendo PLEROMA in coro, diventerete invisibili. Se invece volete tornare visibili, lo dovete ripetere, ma al contrario: quindi dovete dire AMORELP contemporaneamente. Attenzione: è molto più difficile parlare in coro, quando non ci si può guardare in faccia».

Olivia fa a tutti e due una carezza sulla testa:

«È uno stratagemma da usare solo in caso di estrema necessità, perché può avere conseguenze disastrose sulla sfera. Quella peggiore è che vada in pezzi».

Lik e Lak entrano nella palla di cristallo. Da dentro, salutano con la mano Oliver e Olivia.

«Da dove cominciamo?» chiede Lik. «Andiamo in Cina a vedere la Grande Muraglia? O in Egitto, a visitare le piramidi? Partiamo per il Medioevo? O vuoi che andiamo nell'anno 1987?»

«Andiamo a Bergen e facciamo un giro sulla funicolare che sale sulla collina!» dice Lak deciso.

E con questo chiude ogni discussione.

dentro la favola

Dentro la favola

Un attimo dopo la sfera con dentro Lik e Lak atterrò nel cuore di Bergen, sulla piazza principale. Subito i due bambini si precipitarono fuori, tutti eccitati.

«Che bellezza!» sospirò Lik. «Guarda che cielo blu, e che montagne alte!»

«Guarda l'acqua e gli alberi e tutti gli esseri umani!» fece Lak.

Ma non riuscirono a dire altro, perché in piazza si scatenò immediatamente il finimondo. Le persone più vicine indietreggiarono. Qualcuno scappò in bicicletta, altri si alzarono di scatto dal prato intorno al laghetto e, raccolto in fretta e furia il resto del picnic, se la diedero a gambe in preda al panico.

«Guardate là!» sbottò una vecchia signora di Bergen. «Una bottiglia con dentro due bambini!»

«Ma un attimo fa non c'era» constatò un altro.

«Guardi che i bambini erano dentro la bottiglia, sa?»

«Ma no, prima non c'era...»

Lik e Lak capirono che forse non era stata proprio una bella idea scegliere quella piazza per il loro primissimo incontro con il Mondo. Gli abitanti della Terra non erano abituati a visitatori che atterravano in mezzo alla città a bordo di una sfera di cristallo.

«Non abbiate paura!» gridò Lik ai più vicini. «Non vogliamo farvi del male!»

Ma la cosa non sembrò calmare affatto gli esseri umani lì attorno. Anzi, si misero a correre in ogni direzione.

«Siamo venuti a raccontarvi di Sukhavati!» annunciò Lak, allargando le braccia.

«Sbrigati, Petter!» disse una vecchia signora. «Bisogna telefonare alla polizia!»

«Secondo me vengono da Marte» rispose lui con aria perplessa.

Davanti al padiglione della musica si stava raccogliendo sempre più gente. Nessuno però osava avvicinarsi: tutti restavano a distanza di sicurezza.

Lik e Lak fecero qualche passo avanti, ma questo fece arretrare la folla. I bambini tornarono allora alla sfera di cristallo, e questa volta la gente li seguì.

Era come se Lik e Lak potessero respingere e attirare le persone anche attraverso la grande massa d'aria che li separava.

Improvvisamente si udirono in lontananza delle sirene. Si stavano avvicinando velocemente.

«Che cos'è?» chiese Lak spaventato.

«Credo che siano delle auto della polizia» rispose Lik.

«Sono pericolose?»

«Non me lo ricordo. Prendono i ladri. Catturano

quelli che s'intrufolano da qualche parte usando la forza...»

«E noi lo abbiamo fatto?»

Improvvisamente arrivò nella piazza un'auto della polizia. E subito dopo un'altra, dalla direzione opposta, con la luce blu che lampeggiava sul tetto.

Sette, otto poliziotti scesero dalle auto e si diressero verso la sfera di cristallo.

«Sbrigati!» disse Lik.

Proprio in quell'istante uno dei poliziotti toccò la sfera.

«Allora, cosa succede qui?» chiese con aria severa.

«Meglio sparire subito!» gridò Lik.

«Al belvedere!»

Un istante dopo Lik e Lak erano già lontani da quel parapiglia. Guardarono fuori dalla sfera e non videro altro che alberi, muschio ed erica.

«Li senti gli uccelli?»

«Mhm, che buon profumo!»

Lik e Lak saltarono giù dalla sfera e toccarono il muschio e l'erica. Si misero a correre in mezzo agli alberi, poi si presero per mano e fecero il girotondo intorno a un pino, cantando:

«*È una splendida favola, favola, favola; è una splendida favola, favola...*»

«Perché qui non c'è nessuno?» si chiese Lik.

«Perché si accalcano tutti giù in città se nel bosco regnano la pace e la tranquillità?»

«A loro piace stare tutti appiccicati» disse Lak. «Gli abitanti della Terra non apprezzano la pace e la tranquillità. Preferiscono essere in tanti».

Lik e Lak si misero a saltare, ballare e fare le capriole in mezzo agli alberi. All'improvviso udirono avvicinarsi qualcuno lungo un sentiero.

«Vieni!» disse Lik. «Dobbiamo nasconderci».

Si rannicchiarono al riparo di un pino. Un uomo stava avanzando verso di loro. E dietro di lui... trotterellava un cane.

«Un cane!» esclamò Lak.

Era stato davvero imprudente a rivolgere la parola a sua sorella proprio in quel momento; d'altra parte bisogna ricordare che Lik e Lak non avevano mai visto un animale vivo in vita loro, ma soltanto delle fugaci nuvolette di fumo nella grotta di Pleroma.

«Ssst!» sibilò Lik.

Ma l'uomo li aveva già visti.

«State giocando a nascondino?» chiese. Si chinò, appoggiando le mani alle ginocchia: «Perché non siete a scuola?»

In fondo aveva l'aria di essere gentile e cortese.

Lik e Lak uscirono dal loro nascondiglio.

«Ecco... la nostra scuola è malata oggi» tentò di giustificarsi Lak.

Non ricordava esattamente cosa significasse essere malati, però era certo che non si poteva andare a scuola, in questi casi.

«Venite un po' qui» disse l'uomo facendo un cenno con la mano. «Ehi, ma siete due bambini bellissimi!»

«Posso accarezzare il cane?» chiese Lik.

«Certo che puoi. È buono come uno zuccherino».

«Proprio come Olivia» sussurrò Lak.

Lik e Lak sfiorarono l'animale con le dita. Che strana sensazione. Era caldo e con il pelo arruffato, e poi era buffo sentirlo ansimare...

Ben presto se ne andarono, il cane e l'uomo.

«Be', quello lì non era uno da cui stare alla larga» disse Lik. «Probabilmente è stata la sfera a spaventare la gente giù in città. O forse il fatto che siamo arrivati così all'improvviso».

«Non dobbiamo dimenticare il nostro incarico» rispose Lak. «Dobbiamo far capire agli abitanti della Terra che la vita è un dono».

«Prima è meglio nascondere la sfera. Se la perdiamo, non potremo mai più tornare nel paese di Sukhavati».

Trovarono per terra qualche rametto con cui nascondere la sfera di cristallo. Poi imboccarono il sentiero che scendeva verso valle.

«Ti ricordi che Oliver ci ha parlato della funicolare?» disse Lik all'improvviso.

Lak annuì.

«È quella che si vede laggiù».

Si fermarono a guardare a bocca aperta. Poco più in basso si vedeva un vagone rosso che si arrampicava lungo il ripido pendio. Non avevano mai visto niente di simile.

«Vieni!»

Entrambi ricordavano che una volta, molto, molto tempo prima, Oliver aveva raccontato loro di uno strano treno che saliva fino alla cima della montagna. Presto ci sarebbero montati sopra anche loro!

Poco dopo entrarono di corsa nell'edificio bianco della stazione, ansimando e boccheggiando, senza pensare che dovevano mantenere un certo contegno.

Solo allora si accorsero della città, laggiù in mezzo alle alte montagne. Era grande quasi quanto il castello di pietre nel paese di Sukhavati. Ma Bergen era molto più bella: Lik e Lak non avevano mai visto tanti colori tutti in una volta.

«Si muove!» esclamò Lak.

«Cosa?»

«La città! Non vedi che si muove?»

Allora anche Lik se ne accorse: dappertutto, laggiù, si percepivano minuscoli movimenti. Le auto sui grandi ponti. Le navi nel fiordo. Gli argani lungo il molo. Tutte le persone giù nella piazza...

«Proprio come nell'uovo di Oliver» disse Lik.

I gemelli rimasero a lungo lì in piedi a guardare la città. Erano muti per lo stupore.

Poi accadde qualcosa di strano. I due bambini si trovavano proprio accanto a una grossa scatola di metallo. Improvvisamente si avvicinò un uomo che infilò una moneta in una piccola fessura su un lato della scatola. E allora... sì, allora si mise a parlare! Non la scatola, naturalmente, ma un uomo che doveva trovarsi all'interno. Lik e Lak non lo potevano vedere, ma si udiva chiaramente: nella scatola c'era un uomo, che iniziò a descrivere Bergen. La sua voce riecheggiava in modo singolare, come quando Lik e Lak si chiamavano a vicenda dentro il castello di Ananda.

«Dev'essere un omino piccino piccino» disse uno dei due.

«Già, per riuscire a entrare lì dentro» convenne l'altra.

L'uomo dentro la scatola stava raccontando che la fondazione di Bergen risaliva a nove secoli prima. Lik e Lak rimasero impressionati: avendo impiegato molte centinaia di migliaia di anni per costruire il castello di pietre, secondo loro non era affatto male riuscire a mettere insieme una città così grande in soli novecento anni.

La cosa più strana era il fatto che l'uomo aveva iniziato a parlare nel momento stesso in cui gli era arrivata la moneta attraverso la fessura.

«I soldi!» esclamò Lik all'improvviso.

«Cosa?»

«Costerà senz'altro dei soldi salire su quella specie di tram».

Scesero le scale e si misero in fila per prendere la funicolare. Era proprio come aveva detto Lik: l'uomo allo sportello spiegò loro che non potevano andare in città senza pagare il biglietto.

«Cos'è successo, avete finito i soldi?»

Un'anziana signora li stava guardando. Assomigliava un po' a Olivia.

«Pagherò io per voi» disse.

Così Lik e Lak poterono salire ugualmente sulla funicolare.

«Ha visto che splendidi bambini?» sussurrò la signora al bigliettaio. «Sembrano un po' degli elfi del bosco...»

Lik e Lak si sistemarono davanti. Era divertente stare a guardare l'omino che premeva tutti quegli strani pulsanti. Il vagone sussultò e iniziò a scivolare verso il basso lungo il pendio.

La discesa era talmente ripida da far venire una buffa sensazione allo stomaco. Laggiù, molto più in basso, si vedeva la città: come le montagne tutt'intorno, aveva assunto il colore della gelatina di albicocche di Olivia. Si stava facendo sera.

«Sono preoccupato» disse Lak. Gli era venuto in mente cos'era successo nella piazza quando erano scesi dalla sfera di cristallo.

«Non possiamo certo metterci semplicemente a correre per le strade gridando che il Mondo è una favola».

La città si avvicinava sempre di più. Improvvisamente incrociarono un vagone blu della funicolare che stava salendo in direzione opposta. Per un pelo non ci fu una collisione, ma un attimo prima di scontrarsi il secondo treno infilò un altro binario. Finalmente la funicolare si fermò. Le porte si aprirono, e Lik e Lak si precipitarono fuori, anche se non erano ancora arrivati proprio in città.

Via della Montagna, c'era scritto su un cartello. Una volta, tanto tempo prima, Oliver aveva insegnato ai due bambini a leggere le lettere...

C'erano diverse case, molti alberi e molte persone. Per strada alcuni bambini stavano giocando a pallone. Era la prima volta in assoluto che Lik e Lak vedevano degli altri bambini. Nel paese di Sukhavati l'uno vedeva solo l'altro. Perciò non osarono avvicinarsi troppo: s'infilarono in un boschetto, nascondendosi dietro alcuni grossi alberi.

«Potevano prendere una palla ciascuno» osservò Lak. «Così non avrebbero litigato per conquistarsi quella che hanno».

Ma evidentemente i bambini si stavano divertendo un sacco con quell'unica palla che si dividevano. Lik e Lak rimasero seduti a lungo dietro gli alberi a guardarli.

«Dobbiamo stabilire un piano» sussurrò improvvisamente Lik. «Come possiamo fare in modo che gli abitanti del Mondo credano all'esistenza di Sukhavati, se non hanno mai sentito parlare di noi?»

«Meglio parlarne prima con qualche bambino. Gli adulti credono solo a ciò che hanno sempre visto. Sono loro che chiamano il Mondo 'realtà'».

«Cosa vuol dire 'realtà'?»

«Temo che sia intraducibile. Significa che il Mondo non è una favola, che è qualcosa di normale...»

Poco dopo il sole tramontò dietro le alte montagne, laggiù sul lato opposto del fiordo. Iniziò a diventare buio, e i bambini per strada si avviarono verso casa.

Alla fine ne rimasero solo due: un maschio e una femmina, più o meno dell'età di Lik e Lak. Dopo un po' si diressero anche loro verso casa.

«Seguiamoli» disse Lik.

Qualche minuto più tardi il bambino e la bambina entrarono in una grande casa bianca. Lik e Lak si nascosero dietro gli alberi in giardino.

la casa in via della montagna

La casa in via della Montagna

Dopo parecchio tempo dalla casa bianca uscirono un uomo e una donna. L'uomo indossava un abito nero, la signora una gonna lunga, azzurra. Dovevano essere la mamma e il papà dei due bambini, che infatti uscirono sui gradini davanti alla porta d'ingresso.

«Divertitevi alla festa!» disse la bambina.

«Il numero di telefono è su un biglietto, attaccato alla lavagnetta» disse la signora. «E non andate a letto troppo tardi...»

Poi agitarono la mano proprio come faceva sempre Olivia, dalla cima del suo fungo, con le foglie dell'albero della gomma.

Proprio in quel momento Lak inciampò in un mucchio di ramoscelli secchi.

«Ssst!» sussurrò Lik.

L'uomo e la donna si voltarono.

«Cos'è stato?» chiese la signora.

«Soltanto uno scoiattolo» rispose l'uomo. «Su, sbrighiamoci...»

Salirono su un'auto rossa e partirono. I bambini erano rientrati in casa.

«Sono a casa da soli» disse Lik. «È la nostra occasione».

Aspettarono qualche minuto, poi risalirono il vialetto del giardino fino alla casa e bussarono piano.

Aprirono quasi subito.

«Ciao...» disse la bambina.

Ma nessuno dei due rispose.

«State vendendo i biglietti della lotteria?» chiese il bambino.

Lik e Lak non dissero nulla: se ne stavano lì immobili senza aprir bocca. Era così strano incontrare da vicino degli altri bambini...

«Perché siete vestiti così?» chiese la bambina, osservando gli splendidi vestiti di Lik e Lak. «State andando a una festa in maschera?»

Lik e Lak non sapevano cosa rispondere. A dire la verità non ricordavano cosa fosse esattamente una festa in maschera.

«Noi... abbiamo una favola da raccontarvi» balbettò Lik.

«Urrà!» esclamò il bambino, che era un po' più piccolo di sua sorella.

«Possiamo entrare?»

I due si guardarono. In realtà non avevano il permesso di far entrare nessuno quando papà e mamma non erano in casa, ma aprirono lo stesso la porta e fecero accomodare Lik e Lak.

«Dove sono la vostra mamma e il vostro papà?» chiese il bambino in tono gentile.

«Noi non abbiamo un papà e una mamma» rispose Lik.

«Però abbiamo Oliver e Olivia» si affrettò ad aggiungere Lak.

Il bambino e la bambina si scambiarono un'occhiata, stupiti.

Entrarono in soggiorno, al secondo piano. Lik e Lak si guardarono intorno: molte, molte volte avevano sentito parlare di quelle case, ma adesso erano dentro la favola e potevano vederne una con i loro occhi. Era tutto così bello! Gli armadi, le lampade, le tendine e i mobili...

Si sedettero su due grandi divani: Lik e Lak su uno, e i due bambini sull'altro. Tra di loro c'era soltanto un tavolino.

Nessuno sapeva cosa dire, e quindi nessuno disse nulla. Ma la situazione era abbastanza buffa e alla fine cominciarono a ridere: la prima fu la ragazzina, ma dopo un attimo ridevano tutti e quattro.

Alla fine la bambina si presentò: «Io mi chiamo Anne Lise».

«E io Hans Petter» disse il fratello.

«Noi ci chiamiamo Lik e Lak» spiegò Lik.

Ma gli altri due scoppiarono di nuovo a ridere.

«Adesso basta scherzare» disse Anne Lise. «Perché siete fuori da soli a quest'ora della sera? Perché avete questi strani vestiti? E... perché siete così belli?»

Ormai non si poteva tornare indietro. Lik e Lak iniziarono a raccontare. Prima di Sukhavati e Ananda, poi di Oliver e Olivia, di Pleroma e di Samadhi.

Anne Lise e Hans Petter rimasero seduti immobili per tutto il tempo. Ogni tanto si guardavano perplessi, senza aprire bocca.

Dopo un po', Lik e Lak fecero una piccola pausa. Non avevano ancora raccontato tutto.

«Che bella favola» disse Anne Lise. «Sembra proprio che tutto questo *esista* per davvero!»

«Ma è proprio così» disse Lik. «Esiste sul serio, capisci? È il Mondo che è una favola».

E così parlò anche di questo, di tutte le favole che Oliver aveva narrato sul Mondo per milioni di anni e del lungo sonno di Oliver e Olivia, quando il Mondo era diventato una cosa concreta. E adesso... adesso l'Universo si trovava nella pianura di Advaita.

«E come siete arrivati fino a qui?» s'informò Hans Petter.

Lik e Lak raccontarono del loro viaggio nella sfera di cristallo, del loro incarico, e di quello che era accaduto nella piazza di Bergen...

«Oliver ritiene triste che gli esseri umani non siano consapevoli di vivere in una grande favola. Voi siete i primi in assoluto a saperlo...»

Anne Lise e Hans Petter si scambiarono di nuovo un'occhiata strana. Ma poco dopo avrebbero cominciato a credere a ciò che dicevano i gemelli.

Anne Lise andò in cucina a prendere bibite e cioccolato, mentre Hans Petter accendeva la televisione.

Era la prima volta che Lik e Lak vedevano un vero televisore, ma Oliver aveva raccontato loro molte volte che gli esseri umani passavano gran parte del loro tempo sulla Terra seduti davanti a una scatola, a guardare delle immagini.

Stavano trasmettendo il telegiornale. Improvvisamente comparve la piazza di Bergen...

«Ecco, guardate!» disse Lik.

«... È stato dunque proprio in questo punto che due bambini vestiti di verde sono sbucati da una sfera di cristallo, verso le cinque di oggi pomeriggio» stava dicendo l'omino dentro l'apparecchio. «Diversi testimoni, tra cui alcuni agenti di polizia, li hanno visti rientrare nella sfera e scomparire con la stessa rapidità con cui erano arrivati. La polizia indaga. Tutte le supposizioni relative a una visita dallo spazio sono state respinte dal dipartimento della Difesa. Si ha ragione di credere che l'inspiegabile episodio abbia qualcosa a che vedere con il circo ungherese che si trova a Bergen in questi giorni...»

«È quello che vi abbiamo raccontato noi» disse Lak.

Solo allora Anne Lise e Hans Petter iniziarono a riflettere sulla possibilità che ciò che Lik e Lak avevano raccontato fosse vero. E, pur rendendosi conto che conoscevano già Lik e Lak, provarono anche un po' di paura.

«Dovete crederci» disse Lik. «Siamo nel grande Universo che si trova sulla pianura di Advaita...»

«Ma voi... voi non potete dimostrarlo» disse Anne Lise. Sembrava quasi un po' offesa.

«E invece sì» obiettò Lak. «È proprio quel che possiamo fare. Però dovete prometterci di non dirlo a nessuno».

Anne Lise spalancò gli occhi. Hans Petter si strinse un po' più vicino alla sorella maggiore.

«Vi abbiamo già detto che non abbiamo una madre» continuò Lak. «Perciò non abbiamo neanche l'ombelico. Guardate pure!»

E Lik e Lak si sfilarono i vestiti verdi. Anne Lise e Hans Petter si accorsero che al centro della pancia non avevano nessun ombelico. Era la prima volta che vedevano una cosa del genere. Rimasero a lungo lì in piedi a guardare, mentre Lik e Lak si rivestivano.

«È vero!» esclamò felice Hans Petter alzandosi e battendo le mani. Poi si mise a ballare per la stanza.

Ma Anne Lise non era tanto sicura che fosse una buona ragione per battere le mani.

«Non abbiamo il permesso di far entrare degli estranei quando siamo soli in casa» disse.

Dopo aver bevuto le bibite e mangiato il cioccolato, Anne Lise e Hans Petter avevano quasi dimenticato che Lik e Lak non erano dei normali bambini terrestri. Ormai erano soltanto buoni amici.

Fuori il cielo era diventato completamente buio.

«Usciamo a guardare le stelle?» propose Lik.

E così fecero. Lik e Lak indicavano il cielo. Era la prima volta che vedevano le stelle dall'interno dell'Universo. Prima avevano solo intravisto dei minuscoli puntolini dall'esterno della grande cupola.

«Tutte le stelle sono dentro una grande sfera che si trova in un punto della pianura di Advaita» dissero. «Lontano, lontano, al di fuori di tutto l'Universo, c'è Sukhavati».

Proprio mentre i quattro bambini erano lì a guardare le stelle, si udì un'auto che risaliva la strada.

«Sono la mamma e il papà!» esclamò Anne Lise.

«Dovete nascondervi sotto i nostri letti» disse Hans Petter. «Presto!»

Si precipitarono su nella camera dei bambini. Anne Lise e Hans Petter si strapparono di dosso i vestiti e saltarono sotto le coperte. Lik e Lak si nascosero sotto i due letti. In quello stesso istante udirono i genitori che infilavano la chiave nella porta d'ingresso. Tutti e quattro, però, finsero di dormire.

«Certo che avrebbero almeno potuto spegnere le luci prima di andare a letto...»

Era la madre di Anne Lise e Hans Petter.

«Avrebbero anche potuto sparecchiare» rispose il padre. I bambini sentirono che entrava in soggiorno.

«Quattro bicchieri? Ehi, Ingrid! Hanno bevuto *quattro* bibite».

«A meno che non sia venuto qualcuno...»

La madre sembrava preoccupata.

Entrarono nella camera da letto. Anne Lise e Hans Petter erano talmente impegnati a fingere di dormire che avevano paura di dormire un po' troppo. Ma Lik e Lak erano messi anche peggio: dovevano cercare di non respirare affatto.

Il padre inciampò in un gioco dimenticato sul pavimento, e una palla arrivò dritta in faccia a Lak.

«Qui bisognerebbe mettere un po' in ordine» disse il padre.

Poi si chinò e tastò il pavimento. Infilò la mano sotto il letto di Anne Lise, e Lik dovette appiattirsi contro la parete per evitare di essere toccata.

«E anche dare una bella pulita» aggiunse l'uomo.

Poi, per fortuna, uscì dalla stanza e si chiuse la porta alle spalle.

«Buona notte» sussurrò Anne Lise. Sporse la testa verso il pavimento e salutò con la mano i due nuovi amici. «Cercheremo di farvi uscire di nascosto domani mattina presto».

Lik e Lak non dormirono molto bene quella notte, e non solo perché il pavimento era troppo duro: era anche la loro prima notte nella favola.

Mai prima d'allora avevano vissuto tante emozioni in così poco tempo. Nel paese di Sukhavati passavano intere settimane semplicemente giocando a nascondino nel castello di Ananda. Inoltre, non era la stessa cosa ascoltare una favola e viverci dentro.

La mattina dopo, quando i genitori di Anne Lise e Hans Petter entrarono nella stanza dei bambini, dormivano tutti e quattro.

«Tra dieci minuti inizia il vostro programma alla tele!» urlò il padre. «Abbiamo preparato una colazioncina coi fiocchi!»

Si svegliarono tutti e quattro.

'Cosa? Guardano la televisione mentre mangiano?' si chiese Lik.

Anne Lise e Hans Petter vollero subito controllare sotto il letto. Forse avevano sognato tutto quanto! Ma sotto i letti c'erano davvero due bambini.

«Dovete stare qui fermi e zitti» sussurrarono con aria d'incoraggiamento. «Torneremo a portarvi qualcosa da mangiare».

Poi saltarono giù dal letto e corsero in bagno.

Cibo. Lik e Lak non erano abituati a mangiare, ma adesso sentivano il desiderio di mettere qualcosa sotto i denti. Solo nel paese di Sukhavati non avevano bisogno di nutrirsi. Ora che si trovavano nel Mondo era tutto diverso.

Non osarono parlare né di questo né di altro: dovevano stare zitti.

La famiglia si sedette a tavola. Il televisore era acceso, ma nessuno lo degnava di un'occhiata. Stavano tutti pensando a qualcos'altro.

«Dovete ricordarvi di spegnere le luci quando andate a letto» disse il padre.

I bambini annuirono.

«È venuto qualcuno ieri?» chiese la madre.

Anne Lise e Hans Petter si scambiarono uno sguardo rapidissimo.

«No, eravamo soltanto noi» rispose Anne Lise.

«Ma sul tavolo c'erano quattro bicchieri...»

Hans Petter continuava a spalmare burro su una fetta di pane.

«Avete bevuto quattro bibite?»

Ai due bambini non piaceva dire le bugie, ma questa volta non c'era via di scampo. Non potevano mica spiattellare che avevano ricevuto la visita di due bambini che venivano da Sukhavati.

«Avevamo molta sete...»

«E così abbiamo bevuto due volte».

«*Due volte*?»

«Ci siamo dimenticati che avevamo già usato dei bicchieri, e così siamo andati a prenderne altri due in cucina...»

«Se è venuto qualcuno, Anne Lise, per questa volta passi, ma lo devi *dire*».

«Non è venuto nessuno. Soltanto noi. Due volte...»

Ma in quel momento iniziò un cartone animato alla televisione, e della faccenda non si parlò più.

Anne Lise riuscì a spalmare due fette di pane con il formaggio e le nascose sotto la maglia.

«Devo andare in bagno» disse.

Entrò di nascosto in camera e infilò le fette di pane sotto i letti, per Lik e Lak. Poi passò di corsa in bagno prima di raggiungere il resto della famiglia.

Improvvisamente a Lak andò di traverso un boccone. E allora... allora non poté far altro che tossire...

Hans Petter e Anne Lise sussultarono. Hans Petter iniziò a schiarirsi la gola facendo un rumore tremendo, e Anne Lise si mise a cantare.

«Be', che cosa vi succede?» chiese il padre. «Siete usciti di senno?»

Anne Lise e Hans Petter non erano certi di cosa significasse essere usciti di senno, ma temettero che fosse qualcosa di terribile.

Anche se il programma televisivo non era ancora finito, la mamma si alzò e iniziò a sistemare un po' il soggiorno. Poi entrò in camera da letto...

«Oggi dobbiamo dare una bella ripulita» disse.

Anne Lise e Hans Petter si precipitarono nella stanza.

«Ma certo!» esclamarono in coro.

«C'è un caos tremendo qui dentro. Libri, fogli e giochi sparsi dappertutto...»

Si chinò e cominciò a raccogliere gli oggetti sparsi sul pavimento.

«Noi... lo faremo noi» disse Anne Lise. Si sentiva martellare il cuore nel petto.

«Puliremo tutto» disse Hans Petter.

A quel punto la madre si alzò e li guardò con aria sospettosa. Non accadeva spesso che avessero voglia di mettere in ordine.

Lik e Lak, sotto i due letti, avevano ascoltato tutto.

Pulire e mettere in ordine, pensavano. Possibile che gli adulti non avessero mai altro per la testa? Eppure vivevano in una favola...

«Io e la mamma andiamo a fare la spesa».

Era il papà di Anne Lise e Hans Petter.

«Torniamo tra mezz'ora».

«Noi intanto mettiamo in ordine» disse Anne Lise.

«E puliamo anche» aggiunse Hans Petter.

«Due volte» disse Anne Lise, ma questa volta doveva aver esagerato, perché suo padre la guardò in modo strano. La bambina strinse le labbra.

Finalmente avevano di nuovo la casa tutta per loro.

Non appena i genitori furono usciti di casa, i due bambini si precipitarono in camera da letto.

«Adesso potete uscire» dissero.

Si chinarono e aiutarono Lik e Lak a scivolare fuori dal loro nascondiglio. I due piccoli ospiti si alzarono subito, strofinandosi gli occhi e spazzolando via la polvere dai vestiti verdi. Era bello poter stare di nuovo in piedi.

«Dovete sbrigarvi a uscire, prima che tornino la mamma e il papà. Presto!» disse Hans Petter.

«Non potremo rivederci mai più?» chiese Lik. Stava guardando delusa i due bambini.

Anne Lise si sforzò di riflettere.

«Ho un piano» disse. «Scendete in città e aspettateci lì. Possiamo chiedere il permesso di andare al cinema».

«Al cinema?»

Oliver aveva senz'altro parlato anche del cinema, molto, molto tempo prima. Ma Lik e Lak non riuscivano a ricordare cosa fosse.

«È... una specie di film» spiegò Anne Lise. «Si sta seduti in una grande sala insieme a molti altri bambini e si guarda un grosso televisore. Enorme, veramente...»

«Adesso sono le dieci e un quarto» disse Hans Petter. «Possiamo trovarci alle dodici al palazzo dei concerti».

«Alle dodici?» chiese Lak. Lik e Lak non avevano orologi, e nemmeno sapevano leggere l'ora. Nel paese di Sukhavati non esisteva il tempo, e dunque nemmeno gli orologi.

«Al palazzo dei concerti?» chiese Lik. Oliver aveva parlato loro del porto, dell'acquario e della piazza del mercato del pesce, ma non conoscevano ancora molto bene la città.

«Dovrete chiedere a qualcuno» rispose Anne Lise. «Lo sanno tutti quando sono le dodici. E anche dove si trova il palazzo dei concerti. E adesso sbrigatevi a uscire!»

Olve

Olve

I bambini di Sukhavati si ritrovarono di nuovo per la strada. Non si erano ancora allontanati dalla casa bianca, quando un'automobile rossa sopraggiunse lungo la salita, affiancandoli. Erano la mamma e il papà di Anne Lise e Hans Petter.

La macchina scivolò lentamente accanto a loro, e per fortuna non si fermò. Ma i due adulti li osservarono con un'espressione strana...

Oliver aveva raccontato che a Bergen spesso pioveva, ma quel giorno in cielo non si vedeva neanche una nuvoletta. Il sole riscaldava il viso, e dappertutto c'erano fiori gialli, rossi, bianchi e azzurri. Era primavera.

Lik e Lak non avevano mai visto prima d'allora né i tulipani, né le giunchiglie, né i crochi, e nemmeno le mammole e le violette del pensiero. Nella foresta di Samadhi crescevano fiori completamente diversi, senza la varietà di quelli terrestri...

Si chinarono a sfiorare un tulipano rosso. Delicatamente... Era così fresco e liscio da tenere fra le mani. E poi era di un rosso tanto splendente!

I gemelli pensarono che Oliver e Olivia dovevano aver inventato la storia del Mondo perché entrambi amavano tanto i colori. Il Mondo era la cosa più bella che potessero immaginare.

Poco dopo giunsero alla piazza del mercato del pesce, ma prima dovettero attraversare una grande via trafficata, dove passavano grossi autobus, camion e una moltitudine di piccole automobili. Dentro le macchine stavano seduti uomini e donne dall'aria serissima che facevano un fracasso d'inferno con tutti quei motori, e da sotto le auto usciva una gran quantità di fumo dall'odore penetrante. Ogni tanto delle persone attraversavano di corsa la strada in mezzo a tutte le macchine, e Lik e Lak non potevano fare a meno di coprirsi gli occhi con una mano. Quel posto era davvero pericoloso per gli esseri umani!

«Che stupidi» si lamentò Lak.

«Chi?»

«Gli uomini, no? Visto che in città ci sono tante persone, dovrebbe essere vietato andare in macchina».

Sul semaforo comparve l'immagine di un omino verde. A quel punto le auto si fermarono, e i pedoni iniziarono ad attraversare. Lik e Lak li imitarono, e si ritrovarono così sulla piazza del mercato del pesce.

Qui formicolavano persone vestite con abiti di tutti i modelli e di tutti i colori, e alcuni indossavano persino qualcosa di verde, proprio come i due bambini. Eppure Lik e Lak si sentivano addosso lo sguardo stupito dei passanti.

Dopo qualche minuto trovarono le vasche in cui nuotavano i pesci vivi. Agitavano la coda e guizzavano con tanta violenza da schizzare acqua da tutte le parti. Si muovevano tanto rapidamente che era difficile riuscire a seguirli con lo sguardo.

Anche di questo aveva parlato Oliver, ma ora potevano vederlo con i loro occhi. Erano muti per lo stupore: non avevano mai visto prima dei pesci vivi.

Sulla piazza del mercato del pesce c'erano tante di quelle persone, e tante di quelle cose strane da guardare, che i due bambini di Sukhavati non sapevano da che parte girarsi.

«Certo che ha una bella fantasia» disse Lak.

«Chi?»

«Oliver, ovviamente. È stato lui a inventarsi tutto quanto».

«Loro però non lo sanno» disse Lik. «Non sembra nemmeno che siano contenti di essere qui. Anzi, tanti hanno l'aria di essere proprio arrabbiati».

Lak si guardò intorno e annuì. Molte persone tenevano ostinatamente lo sguardo fisso sull'asfalto con un'espressione irritata, anche se il tempo era così bello.

«Forse saranno un po' più felici quando sapranno di Sukhavati. Tanto vale che iniziamo subito...»

«Lo diciamo a quella signora laggiù?»

Detto fatto: Lik e Lak si diressero verso una signora con un soprabito rosso. Aveva appena comprato del pesce da un uomo sotto un grande ombrellone.

«Scusi, signora...» iniziò Lak.

Avevano imparato da Olivia che dovevano ricordarsi di dire ‘signora’ quando rivolgevano la parola alle donne. Altrimenti poteva finire male...

«Sì?»

La signora parve confusa. Non le accadeva tutti i giorni di sentirsi rivolgere la parola da due bambini che indossavano degli strani vestiti verdi. E nemmeno le capitava spesso che dei bambini la chiamassero ‘signora’.

«Come si sta nella favola?» chiese Lak.

«Come... nella favola?»

«Non è un po’ *strano* esserci dentro?» aggiunse Lik nel tentativo di venirle in aiuto.

«Be’, ma guarda un po’ cosa mi tocca sentire...»

«Forse lei, signora, non si rende del tutto conto di essere un personaggio in carne e ossa di una favola?»

La signora si guardò intorno, quasi volesse chiedere aiuto a qualcuno. Mai prima di allora le era capitato di sentire un bambino parlare a quel modo. D’altra parte non poteva sapere che Lik e Lak stavano semplicemente seguendo i consigli di Olivia su come rivolgersi alle signore.

«Ma... si può sapere cosa state dicendo...?» riuscì a balbettare alla fine.

«Stiamo parlando di quella che voi chiamate 'realtà', signora, e che non è affatto reale come pensate».

«Non è... non è reale?»

«Be', naturalmente esiste, ma è soltanto frutto dell'immaginazione. Inventata di sana pianta, capisce?»

I bambini stavano parlando nel 'linguaggio degli adulti', adesso. C'erano volute alcune migliaia di anni a impararlo, ma in compenso ora lo conoscevano benissimo.

«Inventata di sana pianta?»

Di nuovo si guardò intorno, e Lik e Lak temettero che scappasse a gambe levate.

«Esatto! O meglio, frutto dell'immaginazione di Oliver» continuò Lik. «Prima il Mondo era soltanto una favola nella testa di Oliver, solo che noi non ci potevamo entrare. Lo capisce, no: non potevamo mica strisciare dentro la sua testa. Poi però il Mondo è diventato una cosa concreta, e tutto è andato molto meglio. Dentro una cosa concreta, infatti, si può entrare, ci si può penetrare con tutto il corpo».

«Non ce la faccio più!» sbottò la signora, e fece all'istante quello che avrebbe voluto fare già da un bel pezzo: si mise a correre lungo la banchina.

«È inutile» sospirò Lik. «Possiamo dire quello che vogliamo, ma non ci crederanno mai».

Lak rimase in piedi, assorto nei suoi pensieri.

«Perché non ci spogliamo e non facciamo vedere a tutti la nostra pancia?» chiese. «Con Anne Lise e Hans Petter ha funzionato. Quando ci hanno visto la pancia, hanno creduto anche a tutto il resto».

«Fa troppo freddo» rispose Lik. «E poi può essere pericoloso. Potrebbero metterci in prigione».

«Ma siamo davvero sicuri che tutti gli esseri umani abbiano l'ombelico?» continuò Lak.

Lik guardò sorpresa il gemello.

«Ma certo! Tutti loro hanno una madre che li ha messi al mondo, e dunque hanno anche un ombelico».

«A parte Adamo ed Eva...» mormorò il bambino. «Non ti ricordi che Oliver ce l'ha raccontato? Erano i primi due esseri umani in assoluto. Non avevano la madre, e dunque nemmeno l'ombelico. Ma probabilmente gli esseri umani non lo sanno. Oliver ha detto che hanno dipinto Adamo ed Eva molte volte, e che in tutti i quadri hanno il loro bravo ombelico».

Si avvicinò loro un uomo. Assomigliava un po' a quello che avevano incontrato in cima alla collina, solo che questo non aveva un cane.

«Vediamo» disse, «voi chi sareste?»

«Lik e Lak» rispose Lik.

«E venite... venite da Marte, no?»

Lik e Lak si scambiarono un'occhiata d'intesa. L'uomo osservava con aria critica i loro vestiti verdi.

«Veramente veniamo da Sukhavati» disse Lak.

«Da Sukhavati, eh? Mhm...»

Annuì. Poi tirò fuori una pipa, ci mise dentro del tabacco e iniziò a fumare. Proprio come Oliver. Dalla sua bocca, però, non uscivano figure, ma soltanto nuvolette di fumo bianco.

Lik e Lak decisero di parlargli seriamente. Forse avrebbe capito...

«E tu da dove vieni?» gli chiese Lak.

«Io sono nato a Bergen» rispose l'uomo, «quarantasei anni fa. Mi chiamo Sverre, Sverre Hansen. Anzi, veramente il mio nome è Sverre Oliver Hansen, ma la maggior parte della gente mi chiama solo Olve».

Oliver! Lik e Lak si guardarono.

«E *gli esseri umani* da dove vengono?» chiese Lik.

«Mhm... è una lunga storia...»

«Che magari inizia con Adamo ed Eva?» continuò Lik.

«Così si dice, già!»

Annuì e li guardò di nuovo.

«Ma si dicono tante cose...» aggiunse.

«Avevano l'ombelico?» chiese Lak senza esitazioni.

«Cosa? Se avevano l'ombelico?»

«Ecco... dato che non avevano una madre...»

A questo punto l'uomo cominciò a essere davvero interessato. Non accadeva spesso che gli venisse presentato un problema del genere a quell'ora della mattina.

«Qui bisogna che ne discutiamo approfonditamente» disse deciso. «Stavo proprio per sedermi a prendere un caffè. E voi avrete sicuramente voglia di una bibita, no?»

Si diressero verso un bar lungo la banchina. Lik e Lak presero una bibita e delle ciambelle dolci. Avevano un sapore curioso, e le bollicine della bibita facevano il solletico sulla lingua.

«Dunque voi non venite da Marte» disse Sverre. «Sukhavati, avete detto?»

«Esatto».

«Siete proprio degli strani bambini» continuò Sverre. «Ma dove avete sentito parlare di Sukhavati? Di solito i bambini queste cose non le sanno. Be', veramente nemmeno molti adulti...»

La curiosità di Lik e Lak si risvegliò immediatamente. Ma come, quell'uomo *sapeva* dell'esistenza di Sukhavati?

«Noi *veniamo* da là» disse Lak in tono deciso. «Siamo arrivati ieri...»

«Certo che non siete degli sprovveduti!»

«Ma *tu* sai dell'esistenza di Sukhavati?»

Lik lo guardò seria.

«Io ho letto e viaggiato parecchio» rispose lui.

A questo punto i bambini non ci capivano più niente. Ma Sverre continuò:

«Sukhavati significa 'il paese felice', e si trova a occidente del sole e della luna. In Asia sono molte le persone che credono di finire laggiù, se hanno condotto una vita giusta».

«Allora Oliver ha inventato anche questo» sbottò Lik.

Lik e Lak erano sollevati. All'inizio avevano pensato che l'uomo conoscesse sul serio Sukhavati. Adesso invece capivano che non era così. Aveva soltanto sentito una favola su Sukhavati...

Sverre era meravigliato.

«Oliver?» chiese. «Spiegatevi meglio, per piacere!»

E Lik e Lak dovettero raccontare tutto. Parlarono di Sukhavati, di Sunyata e del Fiore di Cristallo. Raccontarono di Oliver e Olivia, di Pleroma e di Ananda. Rimasero lì a parlare per quasi un'ora intera.

Il bello di quell'uomo era che li lasciava parlare senza interromperli. Solo una volta dovette alzarsi per andare a prendere delle altre bibite e ancora un po' di caffè. Dopo qualche minuto iniziò a prendere appunti. Lik e Lak pensarono che stesse scrivendo tutto quello che loro raccontavano.

Poi tacquero. Ormai avevano detto tutto. A quel punto toccava all'uomo.

«Favoloso» disse chiudendo il blocco per gli appunti. «Assolutamente fantastico!»

Li guardò. Aveva un'espressione seria, adesso, seria quanto quella di Olivia quando i due bambini erano partiti da Sukhavati.

«Ci scriverò sopra un libro, ve lo assicuro. Caspita, è una storia magnifica!»

Si guardò intorno nel bar. Sembrava quasi che temesse che qualcuno avesse udito di cosa stavano parlando.

«Ma dove l'avete sentita? E come siete bravi a raccontarla! Favoloso, davvero».

Sventolò il blocco per gli appunti e lo sbatté contro il tavolino.

«Perché... perché è impossibile che ve la siate inventata tutta da soli».

Lik e Lak scossero la testa.

«Noi non abbiamo inventato un bel niente» disse Lak. «E secondo me non siamo nemmeno tanto bravi a raccontare. Non è certo difficile raccontare una storia quando è tutto vero».

Sverre riaccese la pipa. Neanche stavolta riuscì a soffiare fuori qualcosa che potesse assomigliare a un cane o a un gatto.

I bambini non capivano che senso avesse fumare, se non serviva a dar vita a nessuna figura.

«Una cosa alla volta» disse Sverre. «Tutti i nomi, per esempio. I bambini non conoscono cose come Pleroma e Sukhavati, ci potrei scommettere quello che volete».

Lik e Lak si guardarono e scossero la testa rassegnati.

«Ma *si chiamano* Pleroma e Sukhavati» spiegò Lak. «Si sono sempre chiamati così».

«Ma scusa, e tu, allora?» chiese Lik, guardando l'uomo in faccia. «*Tu* hai sentito parlare di Pleroma?»

«Sì, qualche volta, cari bambini. Ho già sentito tutti i nomi che avete citato. Ma solo perché ho studiato queste cose in modo piuttosto approfondito. Tutti quei nomi sono stati attinti da diverse religioni...»

«Religioni?»

Lik non ricordava esattamente di cosa si trattasse.

«Ma allora voi di questo non sapete niente? Avete sentito parlare di Pleroma, ma non avete idea di cosa siano le religioni?»

Sverre scosse la testa.

«Ma sì» intervenne Lak. «Sono quelle cose a cui credono le persone. Hanno diverse teorie su come è nato il Mondo, e cose del genere. Ma tutte le religioni sono state inventate da Oliver».

L'uomo finse di non averlo udito. Cominciò invece a parlare di tutti quei nomi. Continuava a consultare il suo blocco per gli appunti.

Spiegò che Ananda significava 'beatitudine, gioia'. Quando Lik e Lak glielo sentirono dire, non poterono fare a meno di sorridere. Era bello sapere che Oliver aveva messo il loro castello di pietre nella grande storia del Mondo. E anche che significava 'gioia'!

«E Pleroma» disse Sverre alla fine, «deriva da una parola che significa 'completezza'. Duemila anni fa, più o meno, erano in molti a credere che tutto discendesse da qualcosa che chiamavano Pleroma...»

«Al contrario» sbottò Lak, tutto preso dalla conversazione. «Dev'essere esattamente l'opposto. Gli esseri umani hanno creduto a qualcosa con un nome che deriva dalla grotta di Oliver. Ma è vero che è piena di molte cose strane, ed è assolutamente corretto dire che il mondo discende da lì».

«Ehi, non ti manca certo la parola, ragazzo mio! Non si può dire che tu sia uno sprovveduto...»

Lik e Lak e Sverre Oliver Hansen rimasero a lungo seduti a guardarsi.

Improvvisamente, Lik trasalì.

«Che ore sono?» esclamò, guardando l'uomo.

«Le dodici meno un quarto» rispose lui.

«Oh... allora dobbiamo andare. Sai dov'è il palazzo dei concerti?»

L'uomo spiegò loro la strada, e i due bambini si alzarono.

«Ma aspettate un momento» disse. «Non mi avete ancora detto chi vi ha raccontato la favola di Sukhavati».

Lik e Lak si scambiarono una rapida occhiata.

«Nessuno, capisci?» disse Lak. «È il Mondo che è una favola».

L'uomo scosse rassegnato la testa.

«Non volete proprio cedere, eh?» disse.

A quel punto Lik guardò Lak.

«Lo facciamo?» sussurrò.

Lak annuì.

«Ci crederesti se vedessi che non abbiamo l'ombelico?» chiese Lik.

L'uomo rimase a bocca aperta.

«Be', se davvero non aveste l'ombelico, a questo punto potrebbe essere tutto vero sul serio».

Allora Lik e Lak si slacciarono i vestiti quel tanto che bastava perché Sverre potesse vedere la loro pancia, liscia e integra come una schiena.

La pipa gli scivolò giù dalla bocca, e poco ci mancò che l'uomo cadesse dalla sedia su cui stava seduto.

«Santo cielo...» balbettò.

«Adesso però *dobbiamo* proprio andare» disse Lak.

«Aspettate!» gridò l'uomo.

Ma Lik e Lak stavano già uscendo dal bar.

Sverre Oliver Hansen si alzò e li rincorse.

«Ehi, potete chiamarmi Olve!» urlò.

l'incarico

L'incarico

Olve sono io.

Sono io che ho incontrato i bambini di Sukhavati sulla piazza del mercato del pesce di Bergen quel sabato di aprile, tanto tempo fa. E sono io che sto scrivendo la loro storia. E dunque scriverò un po' anche di me, perché dopo quel primo incontro rividi Lik e Lak in molte altre occasioni. Qualche volta ho avuto anche modo di fare una chiacchierata con Hans Petter e Anne Lise. Dovevo scoprire di più sui due bambini che non avevano l'ombelico.

Tra poco proseguirò nel mio racconto, ma prima devo affrettarmi a riferire ciò che accadde nella casa in via della Montagna dopo che Lik e Lak erano andati in città.

Non appena Lik e Lak furono usciti di casa, la mamma e il papà rientrarono dal supermercato.

«Abbiamo visto dei bambini qui fuori...» disse la mamma.

Era proprio come se la cosa la rattristasse.

«Non li ho mai visti prima... Portavano dei vestiti verdi, buffi, molto strani...»

«Andavano a una festa in maschera» disse Anne Lise.

La madre la guardò con aria interrogativa.

«Anne Lise, *tu* come fai a saperlo?»

Intanto il papà era salito al piano di sopra. Lo udirono entrare nella camera dei bambini.

«Adesso venite subito su tutti e due» tuonò. Si sentiva che era arrabbiatissimo.

Hans Petter, Anne Lise e la mamma salirono in soggiorno. Il padre si era seduto sul divano.

«Non dovevate mettere in ordine?» chiese prima di tutto.

«Lo facciamo subito» rispose Anne Lise, anche se aveva già capito che c'era qualcos'altro.

«E comunque ora mi spiegherete perché ci sono delle briciole di pane *sotto* i vostri letti. Ieri non c'erano...»

Anne Lise capì che non era più possibile mentire.

«Sono stati qui...» disse.

«Chi?» chiese il padre in tono severo.

«Quei bambini con i vestiti verdi. Sono venuti ieri, mentre voi eravate alla festa. E poi hanno dormito sotto i nostri letti...»

«Ma cosa stai dicendo?»

«Non hanno né la mamma né il papà. Vengono da Sukhavati. E sono senza ombelico».

La mamma e il papà rimasero a bocca aperta. Anne Lise raccontò tutto. E a questo punto i genitori non erano più arrabbiati, ma soltanto preoccupati.

«Ma Anne Lise» disse la madre, «lo capisci, no, che niente di tutto questo può essere vero...»

«E tu come fai a saperlo, mamma?»

«Come faccio a *saperlo*?»

Anne Lise e Hans Petter tenevano gli occhi fissi sul pavimento. Regnava un silenzio di tomba.

«Cosa c'è dietro le stelle?» chiese Anne Lise.

«Questo non lo sa nessuno» rispose il padre deciso. «*Nessuno*, capito? E poi non ha importanza. Ma in casa bisogna che ci sia ordine».

«Al di là dell'Universo...» mormorò Anne Lise in tono sognante. «Ecco dov'è il paese di Sukhavati».

«Tutte storie!» replicò il padre. Non era arrabbiato neanche adesso: voleva solo risultare convincente.

«È il Mondo che è una storia, papà. Il sole, gli alberi e tutti gli animali. È tutta una favola. Non pensi?»

«Non penso? Anne Lise, hai dieci anni. Dovresti aver imparato a distinguere tra realtà e fantasia».

Mentre pronunciava la parola 'realtà', afferrò con forza il bordo del tavolo del salotto, come se fosse la cosa più reale che potesse immaginare.

«Ma non ti sembra che il Mondo sia un po' strano?» chiese di nuovo Anne Lise.

«No... strano? Sciocchezze!»

«Secondo me il Mondo è una grande favola» disse Anne Lise con lo sguardo perso nel vuoto. Sembrava che quello sguardo potesse oltrepassare suo padre, sua madre e il soffitto del soggiorno, fino a penetrare nel paese di Sukhavati.

«Adesso basta» esclamò il papà, questa volta di nuovo arrabbiato. «Qui decido io!»

Si alzò dal divano e batté la mano sul tavolo.

«Ne ho abbastanza, ecco cosa vi dico!»

Poi accadde qualcosa che né Hans Petter né Anne Lise riuscirono a spiegarsi.

Ai due bambini venne in mente l'appuntamento con Lik e Lak, e furono costretti a chiedere se potevano andare al cinema. Ottennero subito il permesso.

I genitori si erano quasi sentiti sollevati per il fatto che chiedessero qualcosa di tanto banale come il permesso di andare al cinema, e diedero loro addirittura dei soldi in più, per prendere una bibita e un hot-dog. E meno male, perché così il denaro sarebbe bastato a pagare il cinema ai bambini di Sukhavati.

Quando tornarono, quel pomeriggio, la loro stanza era pulitissima. Sul pavimento sotto i letti non era rimasta nemmeno una briciola di pane.

Lik e Lak si misero a correre: dovevano per forza lasciare indietro Olve. Non potevano arrivare in ritardo al palazzo dei concerti.

Si fermarono diverse volte a chiedere la strada. Girare per Bergen era difficile quasi quanto vagare per il castello di Ananda, nel paese di Sukhavati. L'unica cosa che rendeva più facile camminare a Bergen era il fatto che la città si trovava tutta in piano.

Ben presto si ritrovarono davanti al cinema, e poco più in là videro Hans Petter e Anne Lise. I gemelli ne furono talmente contenti che si misero a saltare e ballare in mezzo alle macchine. Era bello avere due buoni amici in quella grande favola.

I bambini di Sukhavati trovarono emozionante entrare nella sala buia del cinema. Prima ci fu un sacco di pubblicità, ma poi iniziò il film.

Parlava di alcune strane bambole che vivevano in un paese di fiaba. Il protagonista abitava in una casa bizzarra in cima a un'alta montagna.

Anche gli esseri umani che abitano nel Mondo sono figure fiabesche come quelle, pensavano i bambini di Sukhavati. Solo che non lo sanno. Non sanno che vivono in un mondo di bambole...

Dopo un'ora e mezzo i quattro bambini uscirono dalla piccola favola del cinema per rientrare nella grande favola che li aspettava fuori.

Passarono davanti al teatro e scesero verso il corso, la via più grande e ampia della città.

Era l'una e mezzo. Parecchi negozi erano già chiusi, ma la via era ugualmente molto affollata. Diverse persone si voltavano a guardare Lik e Lak.

I gemelli decisero di raccontare di Sukhavati a tutta quella gente. Anne Lise e Hans Petter cercarono di fermarli, ma non servì a nulla: ormai dovevano portare a termine il loro importante incarico.

Prima di tutto, Lik e Lak salirono in piedi su una panchina al centro del corso, e questo bastò perché diverse persone li circondassero.

«Ascoltateci tutti quanti!» gridò Lak. «Siamo scesi nel mondo per annunciarvi una grande gioia...»

«Non abbiate paura!» li esortò l'altra. «Siamo venuti da Sukhavati per raccontarvi di Oliver e di Olivia».

Un numero sempre maggiore di persone si raccoglieva intorno alla panchina. I bambini raccontarono la storia di Sukhavati e di Pleroma e della grande sfera nella pianura di Advaita.

Quella che stavano annunciando era una notizia sorprendente, eppure le persone che li ascoltavano non facevano una piega: si limitavano a guardare i due bambini vestiti di verde senza dire nulla. La maggior parte della gente se ne stava lì immobile, senza cambiare espressione.

«È la solita storia» disse Lik guardando delusa il gemello. «Non ci credono».

«Adesso però mi arrabbio» rispose lui. «Mi arrabbio davvero. Adesso cominciamo a parlare in altre lingue. Hai capito, Lik? Non ci sono abituati.

Non sono abituati al fatto che dei bambini sappiano parlare tutte le lingue del mondo».

«Ladies and gentlemen» disse Lak, «we are telling you that the world is a wonderful fantasy...»

Poi continuò in italiano: «La vita è una favola...»

Ma a quel punto fu interrotto da Lik, che iniziò a esprimersi in tedesco: «Warum können sie nicht glauben was wir erzählen?»

«Caspiterina!» esclamò un uomo che si trovava in prima fila. «Parlano inglese, tedesco e italiano!»

Ma Lik e Lak non avevano ancora finito. Quello era solo l'inizio: cominciarono a parlare in spagnolo, in finlandese, in cinese, in russo, in urdu e in swahili.

«Parlano in swahili!» gridò un uomo tutto nero che stava ascoltando un po' in disparte, e si mise ad agitare le braccia. «Quei bambini parlano lo swahili!»

I bambini di Sukhavati continuarono a parlare senza sosta. Hans Petter e Anne Lise battevano le mani entusiasti, e lo stesso facevano molti altri. Finalmente la folla cominciò ad animarsi.

«È un miracolo!» esclamò una signora piuttosto anziana. Ma non poté dire altro, perché svenne. Crollò a terra finendo lunga distesa sulla strada.

«Ma chi *siete*?» gridò uno degli spettatori, evidentemente turbato.

«Veniamo da Sukhavati» disse Lik. «Ma lo stesso vale anche per voi!»

«Dovete svegliarvi!» gridò Lak. «Datevi un pizzicotto!»

E qualcuno degli spettatori si pizzicò davvero il braccio.

«Svegliatevi dal vostro sonno da Bella Addormentata!» insistette Lak.

Poi, di punto in bianco, la situazione cambiò. Un uomo, che camminava a passo veloce lungo il corso, si fermò di colpo e indicò Lik e Lak con fare minaccioso.

«Eccoli di nuovo» disse. «Sono quelli che erano in piazza ieri!»

Gli altri si voltarono verso di lui, e subito si scatenò un finimondo incredibile. Per qualche ragione, quell'uomo era riuscito a trasformare l'atmosfera che si era creata tra la folla. Nessuno applaudiva più, anzi: gli spettatori ringhiavano come belve feroci. Lik e Lak capirono che la loro esibizione era finita.

«Ho paura» disse Anne Lise.

«Voglio andare a casa» piagnucolò Hans Petter.

«Via di qui!» dissero Lik e Lak.

Nello stesso istante la folla cominciò ad avanzare verso di loro.

«Prendeteli!»

«Chiamate la polizia!»

Hans Petter, Anne Lise e i bambini di Sukhavati dovettero mettersi a correre a gambe levate per sfuggire alla folla imbestialita. Attraversarono il corso in direzione dei grandi magazzini.

«Io non capisco» disse Anne Lise senza smettere di correre. «In fondo non abbiamo fatto niente di male...»

Ma ciò che pensava lei non aveva nessuna importanza. Ormai erano in molti a essersi lanciati all'inseguimento.

«Non credo... che agli adulti piaccia essere presi in giro» ansimò Lik. «È probabile che si siano sentiti presi terribilmente in giro... quando all'improvviso siamo scomparsi... nella sfera di cristallo».

Entrarono a precipizio nei grandi magazzini. La folla li seguì facendo svolazzare camicie e biancheria intima per tutto il salone.

«La scala mobile!» boccheggiò Hans Petter.

Si precipitarono sulla scala mobile e salirono al primo piano. Era la prima volta che Lik e Lak vedevano una scala mobile.

«Fantastico! Dovremmo avere una scala come questa anche all'interno di Ananda!» commentò Lik invidiosa.

Ben presto si ritrovarono nel reparto giocattoli al terzo piano. Avevano seminato gli inseguitori. Si affrettarono a infilarsi nel bagno e chiusero la porta a chiave.

«Dobbiamo tornare alla sfera di cristallo» disse Lik seria.

«E *noi* dobbiamo andare a casa da mamma e papà» aggiunse Anne Lise. «Altrimenti si arrabbiano da morire».

Ciò significava che tutti e quattro i bambini dovevano raggiungere la funicolare.

«E se ci catturano e ci mettono in prigione?» disse Lak preoccupato. «Non credo che agli abitanti della Terra piacciano i bambini senza ombelico...»

I quattro bambini si guardarono seri.

«Ho un piano» disse improvvisamente Hans Petter. «Un piano molto furbo».

Gli altri lo guardarono con aria interrogativa.

«Io e Anne Lise non corriamo rischi. Siamo bambini normali che non hanno nulla da temere».

«Ma questo non aiuta noi» obiettò Lak confuso.

«E invece sì, te lo assicuro: possiamo scambiarci i vestiti!»

«Ma scusa, così verremo catturati *noi*, no?»

Ad Anne Lise non sembrava che fosse un piano molto furbo.

«Ma non importa» continuò Hans Petter. «Perché noi possiamo dimostrare che abbiamo l'ombelico. E poi possiamo dire dove abitiamo...»

Si guardarono tutti e quattro.

«È un'idea geniale» disse Lik, molto rinfrancata. «Nessuno ci chiederà chi siamo, se prendiamo in prestito i vostri vestiti».

Tutti e quattro si trovarono d'accordo sul fatto che era una bellissima idea. Si sedettero sul pavimento e in un baleno si scambiarono i vestiti. Lik prese in prestito i calzettoni bianchi di Anne Lise, la sua gonna blu e il suo maglione rosso. Lak s'infilò i pantaloni e la camicia di Hans Petter, mentre Hans Petter e Anne Lise indossavano i vestiti verdi.

Di nuovo Hans Petter e Anne Lise poterono vedere le pance lisce dei bambini di Sukhavati. Questa volta non si spaventarono, ma era uno spettacolo davvero insolito.

Quando furono tutti pronti, si misero a ridere, ma proprio in quel momento si udì bussare alla porta.

«Dobbiamo separarci» sussurrò Anne Lise. «Eccovi i soldi per la funicolare...»

Aprirono la porta, e Hans Petter e Anne Lise s'infilarono tra le gambe di due signori che aspettavano di andare in bagno. Poi si dileguarono lungo le scale.

Lik e Lak erano molto divertiti nel vedere di Hans Petter e Anne Lise che scappavano a gambe levate, vestiti di verde. Era come vedere se stessi da dietro. Quanto a loro, potevano prendersela comoda. Ormai non erano che due normalissimi bambini.

Uscirono dal pian terreno dei grandi magazzini con tutta calma. C'era ancora parecchia gente che gironzolava su e giù in cerca dei due bambini vestiti di verde. Nessuno parve accorgersi di Lik e Lak.

I gemelli andarono alla stazione della funicolare.

«Saliamo fino al capolinea!» disse Lak alla signora allo sportello, tendendole i soldi che gli aveva dato Anne Lise.

«Solo andata?» chiese la signora.

I bambini annuirono.

«Ma poi non dovete scendere di nuovo?»

«No no» rispose Lik. «Non ne abbiamo il coraggio».

«Scommetto che andate a fare una corsa».

«Veramente andiamo a volare!» rispose Lak.

Imboccando il tunnel immerso nel buio, videro una scena che li riempì di terrore.

Laggiù, davanti al binario della funicolare, c'erano Anne Lise e Hans Petter. Intorno a loro si era raccolta una gran folla, una vera calca. Un poliziotto li stringeva per un braccio.

Erano stati presi, e la colpa era di Lik e Lak.

Lak voleva accorrere in loro aiuto, ma era già sufficiente che fossero stati presi gli altri. Per lo meno, erano in grado di dimostrare che avevano l'ombelico, e anche una madre e un padre. I gemelli, invece, erano messi peggio. Se Lik e Lak fossero stati catturati, sarebbero sicuramente finiti in prigione...

«Aspetta» disse Lik. «Non c'è nessun motivo di avere paura. Abbiamo l'aspetto di due normali bambini. Inoltre *dobbiamo* tornare in cima alla funicolare per andare a prendere la sfera di cristallo prima che qualcuno la trovi».

In quel momento si accorsero che Hans Petter e

Anne Lise li avevano visti. Anne Lise cercò di comunicare a gesti che non dovevano preoccuparsi.

«Perché non li lascia andare, adesso?» chiese Lik al poliziotto passando davanti a quella folla. «Non è gentile essere cattivi verso gli altri, anche se sono un po' diversi!»

«E anche se vengono da Sukhavati» disse Lak.

Hans Petter e Anne Lise nascosero un sorrisino d'intesa mentre i due amici proseguivano verso l'ingresso.

Ben presto si ritrovarono di nuovo in cima alla collina, in alto sopra la città.

«E se la sfera di cristallo non ci fosse più?» si chiese Lik preoccupata.

«In questo caso non potremmo mai più tornare a Sukhavati, e dovremmo restare nel Mondo per sempre».

«No, non per sempre. Nel Mondo il tempo passa: qui invecchiamo proprio come tutte le persone della favola. E alla fine moriremmo...»

Si misero a correre. Non osavano più pensare a ciò che sarebbe accaduto se avessero perso la sfera di cristallo. In pochi minuti arrivarono sul posto e tolsero in fretta i rametti che la ricoprivano. Per fortuna, era tutta intera.

Aprirono lo sportello e si sedettero.

«Alla stazione di polizia!» esclamò Lak.

All'istante la sfera si ritrovò parcheggiata di fianco a un'auto della polizia, di fronte alla stazione, in città.

Dopo qualche secondo arrivarono un poliziotto e altri quattro adulti, che si diressero a grandi passi verso la sfera.

«Da Hans Petter e Anne Lise» disse Lik.

Entrarono in un grande edificio. Ecco laggiù i bambini di via della Montagna: erano seduti e stavano parlando con quattro poliziotti.

Quando, di punto in bianco, videro una sfera di cristallo al centro della stanza, tutti si ritrassero di scatto, non solo perché era arrivata così all'improvviso, ma soprattutto perché si era materializzata dal nulla.

Lik socchiuse lo sportello e gridò: «Lasciateli liberi immediatamente!»

La cosa più buffa era che nessuno tentò di prenderli, anzi: i quattro poliziotti rimasero in piedi con le mani sugli occhi, impauriti come bambinetti.

Lik e Lak fecero cenno ad Hans Petter e Anne Lise, e tutti e quattro saltarono nella sfera. Si stava un po' stretti, ma senza dubbio anche in prigione non si sarebbe stati più comodi.

Un attimo dopo, i poliziotti si tolsero le mani dagli occhi e iniziarono ad avvicinarsi.

«Al corso!» gridò Lak.

La sfera di cristallo con dentro i quattro bambini si

ritrovò al centro del corso, in mezzo alla folla. La gente si scostò bruscamente in ogni direzione, dandosi alla fuga.

I bambini scivolarono fuori dalla sfera. Ma non avevano ancora fatto in tempo a gridare che il Mondo era una favola quando udirono provenire da ogni lato il suono ululante delle sirene.

«Aspettiamo che siano vicinissimi» disse Lik.

Nel giro di pochi secondi un'auto della polizia imboccò il corso da un lato, mentre un'altra arrivava dalla direzione opposta. Dalle due macchine saltarono giù otto agenti di polizia molto coraggiosi ma altrettanto spaventati, che si diressero decisi verso la sfera di cristallo.

I bambini s'infilarono di nuovo dentro la sfera.

«A tre metri da terra!» disse Lak proprio quando uno degli agenti stava allungando la mano verso la sfera di cristallo.

E si ritrovarono a guardare dall'alto tutti i poliziotti, alcuni dei quali si scontrarono, dato che stavano correndo a tutta birra verso la sfera da direzioni opposte. Non riuscendo ad afferrarla, si afferrarono a vicenda, per lo più cadendo rovinosamente a terra.

«Avanti e indietro» disse Lak.

E subito iniziarono a ondeggiare per aria avanti e indietro al di sopra della testa di tutte quelle persone terrorizzate.

I gemelli aprirono lo sportello e gridarono rivolti

ai poliziotti impauriti che tenevano lo sguardo fisso per aria.

«Non potete far altro che arrendervi!» dissero. «Non riuscirete mai a catturarci...»

In mezzo alla folla là sotto, videro improvvisamente che c'era anche Olve. Era spuntato da dietro l'edicola dei giornali, e guardando per aria li aveva salutati con la mano.

«Stupendo, ragazzi!» gridò. «Continuate così!»

Lik e Lak risposero al saluto. Adesso capivano che credeva a tutto ciò che gli avevano raccontato del Mondo e di Sukhavati. D'altra parte, aveva visto che non avevano l'ombelico...

Per strada si stava raccogliendo sempre più gente, e continuava ad aumentare anche il numero delle volanti della polizia, oltre ad alcuni camion dei pompieri dotati di lunghi tubi di gomma e di scale altissime.

Uno degli agenti di polizia gridò rivolto verso di loro, con un megafono: «Venite giù immediatamente!»

Hans Petter e Anne Lise avevano il cuore in gola. Adesso erano davvero impauriti.

«L'aria è di tutti!» rispose Lak.

«Venite giù subito!» ordinò il poliziotto. «È vietato... svolazzare avanti e indietro a quel modo».

«Noi non abbiamo l'ombelico» gridò Lik. «Scommetto che anche questo è vietato!»

«Se non scendete subito, saremo costretti a colpirvi con i cannoni ad acqua».

In quel momento i bambini videro che da uno dei camion dei pompieri veniva estratto un lungo tubo di gomma. Un attimo più tardi il cannone era puntato verso la sfera di cristallo.

«Svelti» disse Anne Lise. «Dobbiamo andarcene!»

In quel preciso istante Lak vide un grande poster pubblicitario nella vetrina di un'agenzia di viaggi sottostante, su cui campeggiava la scritta 'SAHARA', e senza pensarci troppo, disse: «Andiamo nel Sahara!»

la sfera di cristallo

La sfera di cristallo

Un attimo dopo la sfera di cristallo con dentro i quattro bambini si ritrovò in cima a una duna di sabbia nel bel mezzo del deserto. Sull'orizzonte premeva un sole rossastro e pesante. Anne Lise e Hans Petter non avevano mai visto niente di tanto bello, eppure si misero a piangere.

«Voglio tornare a casa da mamma e papà» disse Anne Lise tirando su col naso.

«Non abbiamo il permesso di stare qua» singhiozzò Hans Petter. «Avevamo promesso di tornare a casa subito dopo il cinema...»

Lik e Lak si scambiarono un'occhiata.

«Guardate che potete tornare a casa quando volete» li rassicurò Lak. «Anche se dovessimo restare nel Sahara per molte settimane, fareste in tempo lo stesso a tornare a casa subito dopo il cinema, perché dentro la sfera il tempo non scorre».

Subito Hans Petter e Anne Lise smisero di piangere: non potevano fare a meno di credere a ciò che dicevano i bambini di Sukhavati. Ma era ben strano ritrovarsi improvvisamente nel Sahara...

Aprirono lo sportello e scesero dalla sfera di cristallo. L'aria era asciutta e caldissima. Si chinarono a toccare la sabbia: sembrava che la terra avesse la febbre.

«Se fossi venuto qui direttamente da Sukhavati» disse Lak, «non avrei mai creduto che sul globo terrestre ci fosse la vita».

«Allora troviamo un posto dove c'è un po' più di vita» propose Lik mentre rientravano nella sfera.

«Possiamo andare in una grande città?» chiese Hans Petter, curioso. «A New York, per esempio?»

«Naturale!» Lik guardò il gemello. «Sulla cima dell'Empire State Building!» esclamò.

Nello stesso istante la sfera con dentro i quattro bambini si ritrovò nel bel mezzo di Manhattan, a cento e un piani da terra. Ci stava a mala pena, sulla punta del pinnacolo del famoso grattacielo, ma era stabile come una cupola.

Dappertutto si vedevano altri grattacieli. Erano pochissimi quelli che arrivavano all'altezza dell'Empire State Building.

«Questo edificio è ancora più alto della torre più alta di Ananda» disse Lik invidiosa.

Laggiù, centinaia di metri sotto di loro, vedevano dei minuscoli puntolini in movimento. Erano persone e automobili.

Le vie s'incrociavano da tutte le parti, dritte come le linee di un foglio a quadretti. Solo una strada si snodava come una serpentina al di sopra di tutte quelle linee rette. Lik e Lak raccontarono agli altri due che si chiamava Broadway. Molto tempo prima della fondazione della città, era stata un sentiero indiano.

I bambini si trovarono d'accordo sul fatto che New York era una città davvero enorme, tanto grande da far venire male agli occhi.

«Ci abitano più di otto milioni di persone» disse Lak. «Quasi il doppio della popolazione dell'intera Norvegia...»

«Ma non c'è nemmeno un quadratino di verde!» esclamò Anne Lise.

«Sì, invece» rispose Lik. «Andiamo in Central Park!»

E di nuovo la sfera si spostò, per ritrovarsi su un prato nel bel mezzo di un grande parco. Anche qui c'erano delle stradine, e molte persone, quasi tutte in movimento. La maggior parte della gente faceva jogging, oppure pattinava.

Improvvisamente accadde la stessa cosa che si era verificata quando Lik e Lak erano atterrati la prima volta a Bergen: la gente iniziò a radunarsi intorno alla sfera di cristallo.

I bambini non osavano uscire. Un numero sempre maggiore di persone si stava raccogliendo intorno a loro, a qualche metro di distanza, indicandoli e agitando le braccia. Un bambino piccolo si avvicinò fino a toccare la sfera. Lik e Lak gli sorrisero e lo salutarono con la mano dall'interno. Poi però si udirono in lontananza delle sirene, e dopo un attimo arrivarono le prime auto della polizia...

«Ad Harlem!» esclamò Lak.

E ancora una volta la sfera si spostò. Ora si trovava in cima a un edificio in muratura di tre piani. Intorno si vedevano alcune case vecchie e cadenti. Quasi tutte le finestre avevano i vetri rotti, e per strada regnava uno squallore assoluto.

«Dove siamo adesso?» chiese Hans Petter.

Lik e Lak non poterono fare a meno di ridere.

«Anche questa è New York. Ci abitano molte persone povere».

«Io non pensavo che in America ci fosse la povertà» disse Anne Lise meravigliata. «Per lo meno non a New York. Gli Stati Uniti non sono forse un paese ricchissimo?»

«Sono un paese ricchissimo e insieme poverissimo» rispose Lik. «Molti hanno a malapena di che sopravvivere...»

«Non mi sembra affatto una buona idea» commentò Anne Lise. «Evidentemente Oliver non ha poi una fantasia così eccezionale».

Di nuovo a Lik e Lak scappò da ridere.

«Oliver non può stabilire tutto ciò che accade nella favola» spiegò Lik. «Sono gli abitanti della Terra che decidono come devono andare le cose quaggiù».

In quel momento sembrò che Lik e Lak si stessero chiedendo qualcosa con lo sguardo.

«Finora abbiamo soltanto viaggiato nel presente» disse Lik alla fine. «Ma possiamo benissimo andare anche *in un'altra epoca* della favola...»

Hans Petter e Anne Lise si scambiarono velocemente un'occhiata. Era il caso di osare tanto?

«E se non riuscissimo a tornare al presente?» chiese Anne Lise.

«È facile come andare dal Sahara a New York» rispose Lak in tono convinto. «Dobbiamo soltanto dire *dove* e *quando* vogliamo arrivare».

«Ho sempre avuto una gran voglia di scambiare quattro chiacchiere con un vero indio...»

Era stato Hans Petter a parlare. Aveva lo sguardo sognante.

«Potremmo andare in America, nel periodo precedente all'arrivo dell'uomo bianco e alla devastazione del paese?»

«Ma certo!» disse Lak. «Al regno degli Incas, nell'anno 1500!»

Si ritrovarono fuori da una grande città costruita su un altopiano. Erano a una certa distanza dalla città vera e propria. Più sotto alcune persone erano intente a lavorare la terra. Sembrava che stessero seminando delle patate.

«Guardate che splendida città!» esclamò Hans Petter affascinato. «E pensare che avevano delle città tanto belle, prima che arrivassero gli spagnoli!»

«Sono ricchi e felici» disse Lik. «Ma tra poco arriveranno gli europei e rovineranno tutto».

«Alla piazza centrale della città!» ordinò Lak.

Nello stesso istante la sfera si ritrovò ai margini di una vasta piazza del mercato nella città inca. Poiché erano arrivati senza fare alcun rumore, ebbero qualche secondo di tempo prima di essere scoperti.

La piazza formicolava di gente occupata a scambiarsi merci di ogni genere. C'erano patate e mais, pomodori, noci e zucche, splendidi abiti di lana e di cotone, gioielli d'oro e d'argento, e persino animali vivi: sia le anatre sia i lama venivano scambiati con altre merci.

«Che bei colori hanno i loro vestiti!» esclamò Anne Lise. «Il rosso è ancora più rosso dei pomodori, e l'azzurro è più azzurro del cielo».

I bambini di Sukhavati annuirono. Ora capivano perché Olivia fosse così affascinata dagli indios, lei che amava tanto i fiori...

In quel preciso istante si scatenò un finimondo mai visto. Molti si voltarono indicando la sfera di cristallo. Erano stati scoperti!

Lik e Lak aprirono lo sportello e dissero nel linguaggio inca che venivano da Sukhavati. Allora gli indios si gettarono a terra mormorando un sacco di strane parole del tutto incomprensibili ai bambini di via della Montagna.

«Dicono che siamo Figli del Cielo» spiegò Lik.

«Non si sono arrabbiati?» chiese Anne Lise.

«No, perché avrebbero dovuto? Perché arrabbiarsi solo perché vedono qualcosa che non capiscono? Gli indios sono molto più bravi degli abitanti di New York e di Bergen nell'accettare ciò che non capiscono. Solo quando si pensa di capire tutto, allora ci si arrabbia se improvvisamente c'è qualcosa che *non* si capisce. Ma la cosa più stupida in assoluto è credere di capire più di quanto si capisce davvero...»

«Perché non raccontiamo loro dei conquistatori che verranno dall'Europa a devastare il loro paese?» chiese Anne Lise.

«No, no!» risposero in coro Lik e Lak. «Lasciamoli vivere felici, finché possono!»

Lik e Lak salutarono con la mano tutti gli indios sulla grande piazza dicendo qualche parola d'addio nella loro lingua.

«E adesso dove andiamo?» chiese Lik.

«Adesso viaggiamo in un periodo della storia molto molto lontano. Andiamo nella valle del Reno, centomila anni fa....»

Un attimo dopo la sfera si trovò in mezzo a un paesaggio pieno di verde, e Hans Petter e Anne Lise videro qualcosa che non avrebbero mai più dimenticato.

Tutto ciò che avevano davanti agli occhi, tutti i fiori e gli alberi, erano un po' diversi da quelli a cui erano abituati. Individuarono molte piante che avevano visto anche in Norvegia, ma non erano proprio uguali: tutto aveva un aspetto leggermente diverso.

Poco più in là videro dei maiali, ma non erano dei normali maiali come quelli che i bambini di Bergen avevano visto in qualche fattoria: erano più grossi e molto più scuri di pelo.

«Il Mondo vive da sempre» spiegò Lak. «Niente, nella favola, rimane fermo: tutto vive e si trasforma».

«Guardate là!» esclamò Hans Petter. Stava indicando un grosso elefante che usciva da un boschetto a passi pesanti. Ma non si trattava di un normale elefante. Aveva il pelo lungo e marrone-rossastro come quello di un orso, lunghe zanne bianche e una grossa gobba sulla schiena.

«È un mammut» disse Lak affascinato. «Nel Ventesimo secolo non ce ne sono».

«Mi chiedo se qui abita qualche essere umano» disse Anne Lise.

«Ma certo» rispose Lak con un'espressione piena di mistero. «Si chiamano uomini di Neandertal. Ma non sono proprio uguali a noi...»

Lik e Lak si scambiarono un'occhiata.

«Dagli uomini di Neandertal!» ordinò Lik.

La sfera si spostò di nuovo. Prima ancora di riuscire a prender fiato, i quattro bambini si ritrovarono di fronte a un pendio. E in effetti, poco più in là, videro delle creature simili a uomini davanti a una grotta scavata nella montagna. Sembrava che stessero staccando dei pezzi di carne dalla carcassa di un animale...

Hans Petter e Anne Lise non poterono fare a meno di strofinarsi gli occhi. Non avevano mai visto niente di simile. Nemmeno Lik e Lak, a dire la verità: loro avevano osservato gli uomini di Neandertal solo sotto forma di nuvolette di fumo, all'interno di Pleroma.

«Ma sono veri e propri uomini?» chiese Anne Lise sospettosa.

«Sono uomini» rispose Lak. «Ma non sviluppati quanto noi».

«Chissà se sono in grado di pensare...» disse Anne Lise.

«Certamente» rispose Lak. «Ma i loro pensieri non sono del tutto uguali ai nostri. Solo adesso la favola comincia a diventare consapevole».

«Consapevole?»

Anne Lise non capiva con esattezza cosa significasse essere 'consapevoli'.

«Anche le piante e gli animali vivono» spiegò Lak, «ma non lo sanno. Non riescono a *pensare* che esistono. Solo gli uomini sono sufficientemente svegli...»

I bambini posarono ancora una volta lo sguardo sui sette o otto uomini di Neandertal poco più in là, davanti all'ingresso della grotta. Improvvisamente uno di loro si alzò. Camminava piegato in avanti, con le lunghe braccia che penzolavano lungo i fianchi. La fronte era molto più allungata e bassa di quella degli esseri umani moderni. Indossava soltanto una striscia di pelle, per il resto era completamente nudo. In compenso aveva il corpo ricoperto di peli.

A un tratto gli uomini di Neandertal li videro, e subito corsero nella grotta. Doveva essere davvero uno strano spettacolo per loro, quello di una sfera di cristallo tutta tonda con dentro quattro bambini.

«Adesso voglio andare a casa» disse Hans Petter. Era da un po' di tempo che non diceva una parola.

«Io però ho voglia di vedere Roma, prima» disse Lak. «Oliver ci ha raccontato tante di quelle cose interessanti sull'epoca romana...»

«Allora facciamo sosta a Roma mentre andiamo verso casa» disse Hans Petter rinfrancato.

«Al Foro, nell'epoca romana!» ordinò Lak.

Subito si ritrovarono sotto un arancio su una piccola altura, da cui dominavano la grande piazza di Roma. Le persone camminavano su una passerella davanti ai grandi edifici di marmo. In cima ad alcune colonne c'erano delle statue color oro. Lik e Lak indicarono il tempio di Giove sullo sfondo.

«Che bello!» esclamò Anne Lise. «Com'è tutto pulito! È tutto *nuovo*, praticamente».

«Perché, pensavi che fosse vecchio?» chiese Lik meravigliata.

«Ho sempre pensato all'epoca romana come ai 'tempi antichi'. E così immaginavo che dovesse essere tutto un po' vecchiotto».

«In realtà è il contrario. Ai tempi antichi Roma era nuova. Adesso invece la città è diventata vecchia...»

«È tutto così bello liscio» continuò Anne Lise. «Le persone hanno abiti puliti e bianchissimi».

«Pensavi che le persone che vivevano nell'antichità andassero in giro un po' sporchine e con i bordi dei vestiti tutti sfrangiati?»

Questa volta ad Anne Lise venne da ridere. Era proprio ciò che si era sempre immaginata.

Improvvisamente udirono un altissimo grido di giubilo. Dovevano essere migliaia di persone tutte insieme, perché ai bambini di via della Montagna vennero subito in mente le urla dei tifosi allo stadio.

Lik e Lak indicarono un grande edificio di forma tondeggiante, sulla destra.

«È il Colosseo» disse Lak. «È là che si tengono quelle orribili lotte tra gladiatori...»

Lak dovette spiegare a Hans Petter e Anne Lise di cosa si trattava. I romani facevano arrivare dall'Africa delle bestie feroci perché si divertivano a vederle lottare contro i gladiatori, che di solito erano schiavi o prigionieri. O morivano le belve, oppure toccava ai gladiatori... Era uno spettacolo davvero molto popolare.

«Le tribune possono ospitare fino a cinquantamila spettatori» concluse Lak.

Improvvisamente udirono alle proprie spalle dei passi pesanti. Si voltarono di scatto e videro due soldati romani armati fino ai denti. Erano stati scoperti!

Lik e Lak aprirono lo sportello e scesero.

«Salve!» dissero i due gemelli.

I due soldati si ritrassero spaventati.

«Castor et Pollux!» sbottò uno dei due. «Miraculum!»

«Pensano che siamo degli dèi di nome Castore e Polluce» spiegò Lik.

Uno dei due soldati si girò e fece un fischio acuto. Subito accorsero altri sei soldati.

Allora accadde una cosa sorprendente: sebbene credessero che Lik e Lak fossero degli dèi, cercarono di catturarli. Hans Petter e Anne Lise avevano il cuore in gola. Evidentemente i romani non erano ospitali come gli antichi abitanti del Perú. Dovevano essere più simili a quelli di Bergen e New York.

Lik e Lak si stavano dirigendo di corsa verso la sfera di cristallo, ma uno dei soldati riuscì ad afferrare Lik. Lak allora si girò di scatto e gli sferrò un pugno nello stomaco. I bambini di Sukhavati entrarono a precipizio nella sfera.

«A Bergen, sulla collina!» disse Lak.

E la sfera si ritrovò in cima al colle che domina Bergen.

Dopo tutto quello che avevano passato, era bello essere di nuovo a casa. I quattro bambini saltarono giù dalla sfera e si stesero nel boschetto.

Ma... la funicolare era sparita! Si precipitarono sull'orlo dello strapiombo e guardarono verso la città. Non c'era nemmeno quella! Era sparita anche Bergen...

Improvvisamente Lik e Lak si misero a ridere. Ridevano e ridevano, mentre Anne Lise e Hans Petter si guardavano angosciati. Non c'era niente da ridere; tutta la loro città era svanita nel nulla come la rugiada al sole.

«Cosa ne avete fatto di Bergen?» chiese Anne Lise risentita.

«Ci avete ingannati!» gridò Hans Petter.

Allora Lik e Lak smisero di ridere, perché avevano capito che i due amici erano spaventati.

«Ci siamo dimenticati di specificare il periodo» disse Lak. «Siamo stati talmente presi dalla fretta, laggiù a Roma, da dimenticare l'epoca. Abbiamo detto soltanto di tornare quassù, senza dire in che anno».

«Infatti *siamo* davvero a Bergen» continuò Lik. «Li riconoscete, no, il fiordo e le montagne? Solo che siamo qui un paio di migliaia di anni prima della vostra nascita».

A questo punto Hans Petter e Anne Lise capirono tutto, e non poterono fare a meno di sorridere anche loro. Ma Lik e Lak si rotolarono per terra dal ridere. Fu un po' troppo per i bambini di via della Montagna. A loro non pareva poi così divertente. Erano ancora un po' in ansia.

Si alzarono e scrutarono in direzione della città, che in realtà non c'era affatto. Si accorsero così che non mancava solo la città: l'intero paesaggio era leggermente diverso da quello che erano abituati a vedere da lassù. Le montagne sembravano un po' più alte e appuntite, e il fiordo penetrava più profondamente nella terraferma. Anche gli alberi e la vegetazione erano diversi, e c'erano alcune piante molto alte che Hans Petter e Anne Lise non avevano mai visto.

«Nel giro di soli duemila anni il paesaggio si è trasformato» disse Lak. «La favola infatti vive, proprio come un essere umano».

Tra le montagne si aprivano prati rigogliosi e vasti pascoli.

«Guardate là!» esclamò all'improvviso Anne Lise. «Ci sono le mucche!»

Stava indicando una piccola mandria di mucche che pascolavano nel punto in cui ora sorge l'auditorium dedicato a Grieg.

«Ci sono anche delle casette» osservò Hans Petter. «Le vedete?»

«Ma certo» rispose Lik con aria di mistero. «Bergen è già abitata. È proprio in questo periodo che gli abitanti della zona cominciano a chiamare questo posto col nome di Bergen, o meglio, Bjørgvin, come dicevano loro. Significa 'pascolo in mezzo alle montagne'. Sono migliaia di anni che qui ci sono delle fattorie».

«C'è anche un'imbarcazione!» esclamò Lak affascinato, indicando il mare, in mezzo a un fiordo.

«Cosa dite, scendiamo a vedere le mucche?» Lik guardava emozionata gli altri. «Oppure andiamo a trovare qualche uomo preistorico?»

«No!» rispose deciso Hans Petter. «Siamo già stati nel Sahara, a Roma e a New York, abbiamo fatto visita agli indios e agli uomini di Neandertal. E adesso ci troviamo sulla nostra collina prima ancora che Bergen diventasse una città... Mi sembra proprio che abbiamo visto abbastanza!»

Lik lo guardò meravigliata.

«Ma ci sono *moltissime* altre cose da vedere» disse. «Non abbiamo ancora visto le piramidi e nemmeno la Muraglia cinese. Non siamo stati né a Mosca né a Tokyo. Non siamo passati dal Medioevo, né dall'Egitto o da Babilonia. E nemmeno abbiamo messo piede in Inghilterra!»

Anne Lise sospirò impressionata: «Adesso capisco davvero che il Mondo è una grande favola. Ma non ti sembra che per oggi basti? Forse possiamo ripartire per un giro più lungo qualche altra volta».

«In questo caso voglio fare una puntata nel futuro» disse deciso Hans Petter. «Con i robot, le auto che vanno sui cuscinetti d'aria, le stazioni spaziali e le pistole laser».

Lik e Lak scoppiarono a ridere.

«Ma non è possibile, lo capisci, no?» disse Lak. «La storia non ci è ancora arrivata. Non è possibile viaggiare in un'epoca che non è ancora esistita. L'Universo si sta estendendo sempre più, nella pianura di Advaita, e allo stesso modo si estende anche il tempo...»

Hans Petter e Anne Lise fissarono lo sguardo sulla città vuota, dove ancora abitavano solo poche persone. Non c'erano né le grandi navi né gli argani del porto. Mancavano anche il ponte sul Puddefjord, la stazione delle corriere e l'auditorium dedicato a Grieg. E non c'era nemmeno un edificio alto.

Questa faccenda del tempo, a dir la verità, era ben strana.

«L'ultimo momento della favola è stato a Bergen, quando ci stavano per spruzzare l'acqua addosso» continuò Lik. «Adesso vediamo come va a finire».

«E noi dobbiamo arrivare a casa subito dopo il cinema» le ricordò Hans Petter deciso. «Prima però dobbiamo cambiarci di nuovo. Non possiamo certo andare a casa da mamma e papà con questi vestiti addosso. Pensebbero subito che siamo andati su Marte».

Di nuovo si scambiarono gli abiti, gettarono un'ultima occhiata alla preistoria di Bergen ed entrarono nella sfera di cristallo.

«Al presente!» esclamò Lak.

presi!

Presi!

La sfera di cristallo si ritrovò nel punto esatto in cui era duemila anni prima. I bambini non avvertirono in alcun modo lo spostamento, eppure avevano fatto un bel salto nel tempo.

Bergen era infatti tornata al suo posto, e improvvisamente c'erano case sparse dappertutto, sia nelle valli sia sui fianchi delle montagne. In un secondo era avvenuto un cambiamento che nella realtà era durato centinaia di migliaia di giorni.

Hans Petter e Anne Lise scivolarono fuori dalla sfera di cristallo e salutarono i bambini di Sukhavati. Lik e Lak promisero di tornare a trovarli: sarebbe bastato esprimere il desiderio di trovarsi in via della Montagna e oplà, ci sarebbero arrivati in un momento.

Tutti e quattro erano d'accordo sul fatto che fosse meglio far scendere Anne Lise e Hans Petter prima che Lik e Lak tornassero giù ad affrontare i cannoni ad acqua sul corso. I gemelli di Sukhavati volevano sbrigarsela da soli.

I bambini di via della Montagna salutarono Lik e Lak e si diressero verso la funicolare. Era la prima volta che viaggiavano *verso valle* di ritorno dal cinema...

«Al corso!» ordinò Lak.

La sfera di cristallo si ritrovò in mezzo ai getti d'acqua provenienti dai cannoni. Fu sbalzata lontano e per poco non si frantumò contro la vetrina di un ristorante. Più sotto, lungo la via, Lik e Lak videro il grande poster su cui campeggiava la scritta 'SAHARA'.

Non fu esattamente un caloroso benvenuto quello che ricevettero tornando dal lungo viaggio su e giù per la favola, ma quell'interruzione aveva fatto bene a entrambi.

Nessuna delle persone laggiù immaginava anche solo lontanamente che Lik e Lak fossero fuggiti: lì sul corso non erano spariti che per una frazione di secondo, anzi, anche meno. Erano scomparsi nello spazio *tra* un secondo e l'altro, più o meno come può capitare a un foglietto di carta che si nasconda tra due pagine di un grosso libro.

Ma a questo punto il getto d'acqua si fermò. Probabilmente era solo un atto di gentilezza del tutto passeggero. Lik e Lak aprirono lo sportello della sfera.

«Smettetela!» esclamò Lak.

Dalla folla salì un grido di meraviglia. Non per ciò che aveva detto Lak, ma perché la gente si era accorta che dentro la sfera c'erano solo due bambini. Nessuno, laggiù, poteva immaginare neanche lontanamente che Hans Petter e Anne Lise in quel momento stavano tornando a casa dalla mamma e dal papà.

Eccetto Olve, forse. Era di nuovo là sotto, e stava agitando le braccia.

«Splendido, bambini!» gridò. «Bisogna fare proprio così».

Di più non poté dire, perché fu immediatamente arrestato da due poliziotti e fatto salire su un'auto.

«Cosa ne avete fatto dei bambini norvegesi?»

Era il poliziotto con il megafono.

«Mi sentite? Cos'è successo agli altri due?»

«Sono caduti in una fessura in mezzo a due secondi!» rispose Lak.

Non sembrava però che il poliziotto avesse capito cosa intendeva dire il bambino.

«Se non vi arrendete subito, saremo costretti a tirarvi giù con la forza».

«Non è bello abusare del proprio potere nei confronti di ciò che non si capisce» rispose Lik. «Gli indiani non lo fanno. E nemmeno gli uomini di Neandertal!»

Di più non riuscirono a dire, perché stavano arrivando i rinforzi. Improvvisamente si udì uno strano ronzio al di sopra della sfera. Lassù, molto più su, videro un elicottero, seguito da altri due, che volavano ancora più in alto. E poi ancora: altre schiere di elicotteri stavano spuntando dietro la collina. Sembrava un intero sciame di vespe meccaniche.

«Non credo che quegli elicotteri siano diretti alle piattaforme petrolifere nel Mare del Nord» commentò Lak. «Anzi, a dire la verità, temo che la loro missione non sia affatto pacifica e che il loro obiettivo siano le sfere di cristallo provenienti da Sukhavati».

«Ma non possiamo arrenderci» disse Lik. «Se non capiscono in fretta che la vita è una favola, non lo sapranno mai».

Gli elicotteri si avvicinavano sempre di più. Dopo qualche minuto le eliche a motore rombavano a poca distanza da loro. Come se non bastasse, i cannoni là sotto iniziarono di nuovo con il loro bombardamento d'acqua. La sfera di cristallo sbandò verso le vetrine di un negozio. Giù nel corso la folla si accalcava in mezzo a una batteria di auto della polizia, di camion dei pompieri e di ambulanze.

«Sulla terrazza dei grandi magazzini!» esclamò Lik disperata.

In questo modo riuscirono a concedersi un istante di tregua da quel finimondo. Da lassù vedevano un caos e una confusione cui non avevano mai assistito, né nel paese di Sukhavati né durante il viaggio nel regno degli Incas.

Ma non passò molto tempo prima che venissero

nuovamente individuati. Ora quattro o cinque elicotteri stavano puntando verso di loro da ogni direzione.

Lik e Lak avrebbero naturalmente potuto spostarsi nel Medioevo, o finire sulla Muraglia cinese. O magari in cima al Monte Bianco. Per lo meno sarebbero potuti salire sulla montagna più vicina. Ma era stato loro affidato un incarico, e dovevano costringere un mondo recalcitrante a capire che il mondo stesso è un mistero. E dunque non potevano sparire in montagna e basta.

Quando gli elicotteri si prepararono all'atterraggio sulla terrazza dei grandi magazzini, i bambini di Sukhavati aprirono lo sportello della sfera e uscirono di corsa. Lo stesso fecero tredici o quattordici soldati dei reparti d'assalto, tutti armati, che scesero dagli elicotteri gettandosi sulla sfera di cristallo. Ma questa cadde oltre il bordo della terrazza schiantandosi sul corso sottostante. Lik e Lak udirono il fragore del vetro infranto.

Era il suono più orribile che Lik e Lak avessero udito in vita loro. Il che non è poco, dato che Lik e Lak vivevano da sempre e avevano sentito molti rumori sgradevoli mentre lavoravano alla costruzione di Ananda.

Non era però il momento di fermarsi a pensare. I soldati si stavano avvicinando: i bambini non avevano più via di scampo. Ormai acciuffare Lik e

Lak sarebbe stato semplice come prendere qualsiasi altro bambino.

Non serve a molto, infatti, essere privi di ombelico quando ci si ritrova circondati da una schiera di soldati, su una terrazza, a quattro piani da terra. Anzi. In casi come questo non è consigliabile non avere un ombelico.

Lik e Lak si guardarono negli occhi. A entrambi venne in mente ciò che aveva detto Olivia prima che partissero. Era un espediente a cui dovevano ricorrere soltanto in caso di estrema necessità. Ma quello *era* un caso di estrema necessità, il peggiore che potesse capitare.

«PLEROMA!» esclamarono in coro. In quello stesso istante divennero completamente invisibili, e non solo per i soldati: nessuno dei due poteva vedere l'altro!

«Lik!» sussurrò Lak.

«Sì! Sono qui!»

Meno male! Potevano ancora parlarsi. Ma non erano certi che i soldati non potessero udire le loro voci. Così, attraversarono di corsa la terrazza sul tetto dei grandi magazzini e si nascosero dietro un grosso tubo.

Non si vedevano a vicenda, ma potevano vedere ciò che accadeva intorno a loro. I soldati dei reparti d'assalto erano rimasti del tutto spiazzati. Dove diavolo erano finiti quegli strani bambini?

I soldati erano riusciti a mandare in pezzi la sfera di cristallo, ma avevano perso Lik e Lak, svaniti come la rugiada al sole.

Sono cose che succedono quando si dà la caccia all'incomprensibile. Da allora, ci ho riflettuto spesso. Nell'esatto momento in cui ci s'illude di aver afferrato l'inesplicabile, esso ci scivola via dalle dita.

I coraggiosi soldati continuarono per un bel pezzo a girare in lungo e in largo sulla terrazza, tra i tubi e le condutture dell'aria. Nell'esercito norvegese avevano ricevuto un addestramento perfetto, ma non avevano imparato a dare la caccia all'invisibile. Perciò era una battaglia persa. Dopo un paio d'ore rimontarono con la coda tra le gambe sui loro insetti meccanici e scomparvero. Per questa operazione non avrebbero ricevuto nessuna medaglia.

Finalmente i gemelli di Sukhavati si ritrovarono nuovamente da soli.

«AMORELP!» esclamarono nello stesso preciso istante.

Lik e Lak si scambiarono un lungo sguardo penetrante.

«Abbiamo perso la sfera di cristallo» disse Lak. «Non potremo mai più vedere le piramidi e la Muraglia cinese».

Ma Lik non rispose. Rimase seduta con lo sguardo perso nel vuoto.

«Forse non potremo più rivedere nemmeno Hans Petter e Anne Lise» continuò Lak.

Lik continuava a stare zitta. Solo dopo molto tempo si girò verso il gemello.

«Peggio ancora» disse. «Questo significa che dovremo rimanere per sempre nel Mondo. Non torneremo mai più nel paese di Sukhavati...»

Lak non ci aveva ancora pensato.

«Ma come, resteremo per sempre all'interno di quella grande sfera?» chiese con un'espressione pensosa sul viso.

Lik scosse la testa. «No» rispose seria. «Non per sempre. Non capisci? Se stiamo nel Mondo, il tempo trascorre. D'ora in poi la nostra età cambierà: cresceremo e diventeremo adulti...»

«Puah!» esclamò Lak. Il pensiero più sgradevole era quello di diventare adulto.

«Ma c'è una cosa ancora peggiore. Una volta adulti, cominceremo a invecchiare. E alla fine, alla fine di tutto, saremo spazzati via dalla favola, capisci? E succederà all'improvviso, come quando siamo arrivati. Non torneremo mai più indietro. Capisci, Lak? Mai più...»

Rimasero entrambi seduti a pensare, lassù, in cima a quell'edificio. Al di sopra della loro testa le nuvole si rincorrevano in cielo.

Solo adesso capivano cosa significasse vivere da

esseri umani nel Mondo. Di colpo erano diventati esattamente uguali alle persone che camminavano giù nel corso.

«Il Mondo è una favola» disse Lik in tono pensoso. «È un posto bellissimo, ma niente di ciò che accade nella favola dura...»

Ecco cosa succedeva nella favola di Oliver, ecco cosa significava vivere come esseri umani.

Lak si asciugò una lacrima che gli era scivolata lungo la guancia.

I bambini di Sukhavati rimasero seduti a lungo sul tetto dei grandi magazzini, in silenzio assoluto: non c'era nulla da dire.

Non erano più in viaggio nella favola di Oliver: ormai erano diventati parte della favola stessa.

Presto sarebbero stati adulti, e un giorno sarebbero scomparsi. Bastava che il Fiore di Cristallo lasciasse cadere poche lacrime.

'Pling... pling... pling...'

Non è facile abituarsi all'idea di scomparire per sempre, quando si vive dall'eternità. Più si rimane in un posto, più diventa difficile staccarsene.

«Non sappiamo nemmeno come scendere da questa terrazza» disse Lak tristemente.

Si alzarono e guardarono la via sottostante. La vita aveva ripreso il suo corso, gli inseguitori si erano ritirati. Cominciava a fare buio.

«Ho freddo» disse Lik.

«Ho fame» si lamentò Lak.

In quel preciso istante udirono un rumore vicino, una specie di fruscio. Subito balzarono al riparo dietro il tubo. Ma un attimo dopo si alzarono battendo le mani per la contentezza.

Era Olve! Aveva un grosso zaino sulle spalle. I bambini gli corsero incontro pieni di gioia.

«Meno male che siete ancora qui» disse Olve sollevato. «Temevo che qualcosa fosse andato storto».

«Storto?» sbottò Lik meravigliata. «È successo qualcosa di più terribile. Non potremo mai più tornare nel paese di Sukhavati».

Scoppiarono in lacrime tutti e due. Olve li abbracciò stretti.

«Su, su» disse cercando di consolarli. «Non siete soli. Quaggiù abitano quattro miliardi di persone. E nessuno di noi vive in eterno...»

Olve consigliò ai gemelli di andare a casa dei bambini di via della Montagna. Una volta che gli adulti avessero verificato che Lik e Lak erano dei bambini veri e propri, a parte il fatto che non avevano l'ombelico, li avrebbero sicuramente accolti a casa loro.

«Però non potete attraversare la città vestiti a quel modo» continuò. «Scatenereste soltanto un altro pandemonio».

«Possiamo renderci invisibili» disse Lak.

«No, no. Avete dimenticato cosa vi ha detto Olivia? Solo in caso di estrema necessità, ecco cos'ha detto. Gli esseri umani non accetteranno mai che voi scompariate continuamente, diventando invisibili. O che ricompariate all'improvviso dal nulla. Inoltre, rendersi invisibili soltanto per evitare una situazione difficile mi sembra anche un po' da sfacciati. Be', per lo meno è piuttosto scortese».

Guardò i due bambini con un'espressione pensosa.

«Vi ho procurato dei vestiti nuovi» disse. «Assolutamente moderni».

Olve si sfilò lo zaino e ne estrasse jeans e maglioni per i due ospiti di Sukhavati.

«E qui ci sono anche un po' di soldi per la funicolare e qualsiasi altra necessità. Ma prima di tutto bisogna che scendiamo da questa terrazza. Laggiù c'è una scala antincendio».

I bambini guardarono oltre il parapetto, giù per quattro piani. Attaccata alla parete scendeva una scala stretta.

Olve iniziò a scendere per primo. I bambini strinsero i denti e lo seguirono. Nel giro di qualche minuto si ritrovarono sull'asfalto, ma... Olve era scomparso. Sembrava che fosse stato inghiottito dalla terra.

Senti chi parla di sparire nel nulla! Forse non voleva più avere niente a che fare con loro?

Lik e Lak attraversarono la città, diretti alla funicolare, tutti vestiti di nuovo. Nessuno poteva immaginare che erano stati loro, soltanto qualche ora prima, a mettere sottosopra l'intera città. La sfera era andata in pezzi, e ora i gemelli di Sukhavati erano bambini assolutamente normali.

Acquistarono i biglietti della funicolare fino alla stazione di via della Montagna e imboccarono il tunnel sotterraneo dove Hans Petter e Anne Lise erano stati arrestati quel pomeriggio.

Poco dopo si ritrovarono davanti alla casa bianca.

Non era trascorsa più di mezza giornata da quando erano usciti da lì, eppure erano stati nel Sahara, a New York e a Roma. E in molti altri posti.

Ora era tutto diverso. Non avevano più la loro sfera di cristallo.

Lik e Lak si avvicinarono circospetti alla casa. Da dentro provenivano voci concitate. Abbassarono piano la maniglia della porta. Era aperta!

il tormentone dell'ombelico

Il tormentone dell'ombelico

I gemelli s'intrufolarono in casa.

Per un po' rimasero nel corridoio: udivano Hans Petter e Anne Lise che parlavano con i loro genitori al primo piano.

«Ma è tutto vero» stava dicendo Anne Lise. «I bambini di Sukhavati ci hanno portato con loro in un viaggio intorno al mondo».

«Ma vi ha dato di volta il cervello!» ruggì il padre, camminando avanti e indietro.

«Forse ne sono davvero convinti» disse la madre in tono conciliante. Come se fosse una scusa.

«Sanno parlare tutte le lingue. Parlano anche la lingua degli indios, perché hanno parlato con gli Incas, in Perú...»

Lik e Lak salirono piano le scale, fermandosi in piedi sull'ultimo gradino.

«Anne Lise» disse la madre in tono implorante. «Non *esiste* nessun paese di Sukhavati. E non esistono bambini senza ombelico».

«E invece sì!» esclamò Lik decisa, irrompendo all'improvviso in soggiorno insieme a Lak. «Eccoci qui!»

I genitori di Hans Petter e Anne Lise arretrarono

di due o tre metri. La mamma si coprì gli occhi con una mano. Il padre, invece, si arrabbiò ancora di più.

«Lik e Lak!» esclamò Hans Petter.

«Com'è andata sul corso?» s'informò Anne Lise.

Ma i gemelli non fecero in tempo a rispondere, perché il padre riprese il controllo della situazione. In fondo era casa sua.

«Si può sapere chi siete?» chiese con tono autoritario.

«Lik e Lak, del paese di Sukhavati» rispose Lik con una riverenza. Lak fece un piccolo inchino e tese anche la mano. Ma il padre non volle stringergliela.

«Allora siete voi che mangiate pane e formaggio sotto i nostri letti» disse la madre.

«E siete voi a raccontare frottole ai nostri figli!» sbottò il padre mollando un pugno contro la parete, come se fosse arrabbiato col muro.

Lik e Lak non si fecero intimorire, anzi: sapendo di avere ragione, si sentivano quasi in posizione di superiorità.

«Credereste a ciò che vi hanno raccontato Hans Petter e Anne Lise se vi mostrassimo che non abbiamo l'ombelico?» chiese Lik.

«E dài! Di nuovo questo tormentone dell'ombelico!»

Il padre scosse la testa.

«Ma certo» disse la madre. «Lo faremmo senz'altro. Solo che non esistono bambini senza ombelico».

Lik però non si fermò qui. Le era venuta un'idea.

«Se davvero non avessimo l'ombelico» continuò, «e se quindi venissimo da Sukhavati, e se avessimo viaggiato in una sfera di cristallo che è caduta da un tetto andando in mille pezzi, e se non potessimo tornare mai più a Sukhavati...»

Non riuscì a completare il discorso e scoppiò in lacrime. La madre si precipitò verso di lei.

«*... potremmo restare qui?*» singhiozzò la bambina.

«Si è rotta?» chiese Anne Lise terrorizzata.

Ma non riuscì a dire altro, perché il padre sferrò sulla tavola un pugno talmente forte che un vaso da fiori cadde a terra, rompendosi in mille pezzi.

«Sciocchezze!» ruggì. «Frottole, una peggio dell'altra!»

A questo punto Lik e Lak si arrabbiarono davvero. E fu una fortuna. Lo sanno tutti, infatti: quando si è molto tristi, il rimedio migliore è arrabbiarsi sul serio.

«Allora guardi un po' qua!» esclamarono in coro.

E senza aspettare risposta si tolsero i maglioni, restando in mezzo al soggiorno con le loro pance lisce come palloncini.

I due adulti rimasero di sasso. Entrambi arretrarono. Il padre, che un attimo prima era furioso, si sedette sul pavimento piagnucolando come un bambino. La madre, che forse sapeva qualche cosa di più di bambini, ombelichi e così via, si avvicinò a Lik e Lak e sfiorò la pancia a entrambi.

«È... vero... sul... serio...» balbettò.

«Dunque è vero anche tutto il resto» concluse Hans Petter. «Quindi, potranno stare con noi invece di finire in prigione».

Fu così che i bambini di Sukhavati diventarono degli autentici piccoli esseri umani dentro la grande favola. Ben presto avrebbero iniziato a vivere nella casa di Hans Petter e Anne Lise come loro fratelli.

«Certo, adottare un bambino del Vietnam è difficile» disse il padre di Anne Lise e Hans Petter il giorno dopo. «Ma è ancora più difficile adottarne due che vengono da Sukhavati».

Lik e Lak lo guardarono speranzosi.

«Ci vuole senz'altro del tempo per abituarsi a un bambino con la pelle di un colore diverso» disse la madre in tono pensoso. «Ma penso che ce ne voglia anche di più per abituarsi a un bambino senza ombelico».

«Ma loro *devono* stare con noi» si affrettarono a dire Hans Petter e Anne Lise. «Sono soli in tutto l'Universo...»

«Non vi daremo nessun fastidio» assicurarono i bambini di Sukhavati. «Ce la siamo cavata da soli per l'eternità...»

Ma accogliere due nuovi membri nella famiglia non era come fare due più due.

Nei giorni seguenti la casa in via della Montagna, che per puro caso era stata scelta dai gemelli di Sukhavati al loro arrivo sulla Terra, ricevette molte visite. In sole due settimane, la casa bianca in via della Montagna vide un incredibile viavai, come non le era mai capitato in tutta la sua storia.

Per primi arrivarono la polizia e i più alti rappresentanti militari del paese. Poi fu la volta dei medici e degli specialisti di ogni ramo. Infine toccò alle autorità in materia di insegnamento e pedagogia. Volevano tutti vedere i gemelli di Sukhavati.

Sebbene Lik e Lak potessero raccontare le storie più strane, c'era solo una cosa che attirava l'interesse di tutti. Volevano guardare la loro pancia.

I visitatori non avevano ancora superato la soglia, che i gemelli erano costretti a tirarsi su la maglia.

«Buongiorno!» dicevano uno dopo l'altro. «Possiamo vedere il vostro ombelico?»

«Non è buffo che tutti vogliano vedere qualcosa che non c'è?» diceva Lak. «Hanno fatto tutta quella strada solo per vedere qualcosa che *non* abbiamo...»

Il fatto è che noi esseri umani ci stupiamo se improvvisamente vediamo qualcosa che non abbiamo mai visto prima. Ma restiamo altrettanto di sasso se qualcosa che abbiamo sempre visto sparisce all'improvviso.

Il fatto che Lik e Lak non avessero l'ombelico al centro della pancia era strano almeno quanto la possibilità che ne avessero due o tre ciascuno.

Non bastava che nella casa in via della Montagna fossero passati medici e ostetriche a tastare la loro pancia. Ben presto fu deciso di esaminarli con una radiografia. Chi poteva essere certo, infatti, che non avessero uno o due minuscoli ombelichi *sotto* la pelle della pancia?

Ma nessuna radiografia riuscì a individuare la minima traccia di ombelico. Lik e Lak erano lisci e intatti in tutto il corpo.

«Questi bambini non sono stati partoriti sul globo terrestre» affermò infine un radiologo.

«Io mi spingerei anche più in là» disse un'anziana ostetrica venendogli in aiuto. «Questi bambini non sono stati partoriti e basta. Non hanno l'ombelico, e non ne hanno mai avuto uno. E dunque non hanno una madre!»

Questo 'tormentone dell'ombelico', come l'aveva chiamato il padre, era dunque un evento unico. Anzi, a dire la verità era una bella gatta da pelare. Cos'avrebbe detto il mondo intero se improvvisamente si fosse scoperto che esistevano due esseri umani privi di ombelico? Si poteva naturalmente affermare che venivano da Marte, ma come avrebbe reagito il mondo?

Il governo norvegese decise subito che tutto ciò che aveva a che fare con Lik e Lak restasse segreto. Lo stesso, naturalmente, valeva per l'intera storia di Sukhavati. Se la faccenda fosse trapelata, avrebbe scatenato reazioni imprevedibili. Meglio dire piuttosto che Lik e Lak erano due orfanelli fuggiti da un circo ungherese, appena passato in tournée in Occidente.

E così fu: Lik e Lak ricevettero l'ordine di non rivelare mai ad anima viva che erano giunti sulla Terra a bordo di una sfera di cristallo. Dovevano invece sostenere di essere nati e cresciuti in Ungheria. Anche questo poteva risultare strano, ma almeno era un po' più verosimile.

Effettivamente in Ungheria molte cose sono diverse, ma anche là tutti i bambini hanno l'ombelico. Il punto era: come avrebbero fatto Lik e Lak a tenere nascosto il loro difettuccio? Naturalmente, non avrebbero mai potuto fare il bagno insieme a qualcun altro. Su una spiaggia popolata da centinaia di persone si nota ancora di più se un solo individuo gironzola esibendo una pancia senza ombelico.

Per facilitare le cose, un esperto propose a un certo punto che Lik e Lak fossero sottoposti a un intervento, in modo da avere l'ombelico come tutti gli altri. Ma Lik e Lak rifiutarono. Non volevano farsi fare un buco nella pancia dagli abitanti della Terra.

Quando lo scalpore fu cessato, Lik e Lak poterono iniziare a vivere nella casa di via della Montagna come normali bambini. Per lo meno, erano assolutamente normali finché si tenevano addosso i vestiti, cosa che facevano sempre quando erano fuori. Il padre non gradiva neanche che girassero nudi per casa: le loro pance lisce lo mettevano ancora a disagio.

Dopo le vacanze estive iniziarono a frequentare la quarta insieme ad Anne Lise. Hans Petter era in terza.

Che si trattasse di bambini speciali, gli insegnanti della scuola lo capirono in fretta. In storia erano più bravi persino della maestra. Qualche volta, sovrappensiero, si mettevano anche a parlare in inglese e in tedesco. In questi casi Anne Lise li guardava facendo l'occhiolino per farli smettere.

Ma c'era un'altra cosa che i loro compagni di classe trovavano un po' insolita: i due nuovi alunni ungheresi non facevano mai ginnastica. Era ben strano, considerando che erano artisti di un circo...

Nessuno s'immaginava minimamente che Lik e Lak fossero giunti sulla Terra a bordo di una sfera di cristallo soltanto qualche mese prima. A parte tutti gli esperti e gli specialisti, naturalmente, ma anche questi dovevano aver dimenticato in fretta l'intera faccenda. O almeno così si doveva dedurre, visto che, trascorsa qualche settimana, in via della Montagna non si presentò più nessuno.

La polizia, naturalmente, si era comportata in modo molto stupido dando la caccia a Lik e Lak. Se si vuole afferrare l'inesplicabile, è necessario usare la stessa delicatezza che serve per catturare una farfalla. Le farfalle non si acchiappano certo con elicotteri e polizia antiterrorismo.

Che spiegazione si poteva dare a tutti gli eventi misteriosi accaduti a Bergen in quei due giorni?

Si disse che la gente aveva assistito a uno spettacolo di magia di cui nessuno era riuscito a scoprire il trucco; forse erano stati utilizzati i raggi laser. Ma sui giornali c'era scritto che qualcosa di simile era successo contemporaneamente anche a New York.

Qualcuno affermava che la sfera di cristallo era un disco volante giunto a Bergen da un altro sistema solare.

Nessuno, comunque, era in grado di fornire una spiegazione convincente di quegli strani avvenimenti.

All'inizio, la faccenda occupò tutte le prime pagine dei giornali norvegesi e stranieri. Nei giorni immediatamente successivi arrivarono a Bergen giornalisti e inviati televisivi da tutto il mondo. Ma dato che non succedeva più nulla, la questione cadde presto nel dimenticatoio. Alla fine non ne rimase più traccia, proprio come era accaduto quando Lik e Lak erano scomparsi improvvisamente dalla terrazza sul tetto dei grandi magazzini.

Una notizia è infatti qualcosa di *nuovo*. Non appena comincia a diventare vecchia, perde ogni interesse e diventa una 'vecchizia'. È davvero un peccato.

Era stato uno spettacolo davvero strano vedere Lik e Lak sospesi nell'aria in una sfera di cristallo a pochi metri da terra, nel bel mezzo del corso. Ma più una cosa è incomprensibile, più in fretta viene cancellata dalla memoria.

Non ci piace continuare a rimuginare a lungo su qualcosa che non capiamo. Piuttosto, è meglio dimenticare. Quando non si riesce a dare una risposta a una domanda difficile, le alternative sono due: o si rimane lì con aria ebete, oppure si gira la testa dall'altra parte e si fa finta di non aver sentito la domanda.

Non c'era nessuno che sapesse da dove venivano Lik e Lak. D'altra parte nessuno sa con certezza nemmeno da dove viene il Mondo. Non è una di quelle cose a cui si pensa normalmente. Di solito ci si preoccupa di quanto può costare una bicicletta nuova o quattro gomme da neve per l'automobile.

Forse era stato uno spettacolo strano vedere Lik

e Lak sospesi nell'aria in una sfera di cristallo a pochi metri da terra, nel bel mezzo del corso. Ma non è altrettanto strano pensare che il Mondo intero è sospeso nel vuoto?

Vivere sulla Terra significa essere circondati da una quantità di domande inspiegabili.

Lokeshvara

Lokeshvara

Dal momento in cui avevo conosciuto Lik e Lak sulla piazza del mercato del pesce, non ero più riuscito a togliermeli dalla testa. E poiché passavo tutto il mio tempo pensando a quei due bambini, dovetti dare le dimissioni dal mio lavoro di insegnante all'università.

Un giorno andai a trovarli nella casa di via della Montagna, più o meno all'inizio di settembre. Lik e Lak si trovavano nel Mondo da circa sei mesi.

Quando suonai il campanello, fu il padre ad aprire la porta. Non mi aveva mai visto prima, e naturalmente s'insospettì un pochino quando chiesi di parlare con Lik e Lak.

Il fatto che Lik e Lak non fossero nati sulla Terra e venissero invece da Sukhavati era infatti rimasto assolutamente segreto. Il padre aveva sempre una gran paura che trapelasse qualcosa, e che giornalisti e inviati invadessero di nuovo la sua casa, dove invece voleva restare in pace.

Spiegai che ero un professore di ungherese, che in passato avevo conosciuto i bambini e che avevo appena fatto un giro sulla funicolare. Per concludere dissi che avrei colto volentieri l'occasione per fare un po' di conversazione.

«Non sono molti quelli che parlano ungherese, qui a Bergen» aggiunsi.

Per sicurezza, prima di presentarmi in via della Montagna, avevo imparato un po' di ungherese, solo per poter parlare con Lik e Lak senza che gli altri capissero cosa dicevamo.

«Ma certo! Si accomodi» disse il padre. «E come ha detto che si chiama?»

«Sverre. Sverre Oliver Hansen».

Non appena ebbi pronunciato il mio nome, in casa si scatenò un putiferio. Erano i gemelli, che avevano ascoltato tutto.

«Olve! Olve!» esclamarono Lik e Lak precipitandosi verso di me e gettandomi le braccia al collo.

«Come state?» chiesi in ungherese. «Miei cari piccolini...»

Si misero a ridere a sentire la mia pronuncia: non ero ancora molto bravo in ungherese.

Parlammo ancora un po' in questa lingua, che nessuno degli altri capiva, e decidemmo di uscire a fare una passeggiata.

Non appena ci fummo allontanati dalla casa, iniziammo a parlare normalmente.

I bambini mi raccontarono che in quella famiglia si trovavano bene, e che anche a scuola erano stati accolti amichevolmente.

«Dunque vi siete ambientati senza problemi qui in via della Montagna» dissi. «Ma... vi siete ambientati anche nel *Mondo*?»

Entrambi mi fissarono seri.

«Abbiamo nostalgia di Sukhavati...»

«Come mai?» chiesi, anche se già intuivo la risposta.

«Il Mondo è molto bello» rispose Lik seria. «Amiamo la natura, tutti gli animali, i fiori e gli alberi. Inoltre *succedono* tante di quelle cose... ogni giorno viviamo delle esperienze nuove».

«Però qui nulla è eterno» continuò Lak. «Anche se la vita sulla Terra dura molto a lungo, sappiamo che non sarà mai per sempre».

«Qui noi cresciamo» disse Lik rincarando la dose. Mi stava guardando con i suoi profondi occhi scuri. «Siamo già più alti di due centimetri, rispetto a quando siamo arrivati. E sul viso della mamma di Hans Petter e Anne Lise sono comparse due nuove rughe. Noi ci accorgiamo subito di queste cose, perché siamo abituati a non veder mai cambiare nulla».

Capivo come dovevano sentirsi Lik e Lak, arenati com'erano su un effimero pianeta nella grande favola di Oliver.

Se si va in un paese straniero, ben presto si comincia a provare nostalgia del proprio. Dev'essere ancora più duro provare nostalgia di una realtà completamente diversa.

Ai bambini di Sukhavati piaceva stare nel Mondo. Ma avevano perso l'eternità...

Per chi ha provato l'eternità, significa perdere tutto.

Di sera, Lik e Lak uscivano spesso di casa a guardare le stelle. Indicavano il cielo e pensavano che laggiù, lontano lontano, c'era una parete invisibile. Era il confine esterno della favola. Al di là di quel confine... là c'era Sukhavati.

In un certo senso erano sempre a Sukhavati, e nello stesso tempo si trovavano alla distanza più grande che si potesse immaginare. Erano prigionieri della grande favola di Oliver.

Di notte sognavano spesso di giocare a nascondino all'interno di Ananda, il grande castello di pietra ai piedi del monte Sunyata. Oppure sognavano di andare a trovare Oliver nella grotta Pleroma. E lui raccontava una favola...

In autunno l'intera scuola di Lik e Lak andò in gita per qualche giorno in una foresta, non lontano da Bergen.

I bambini di Sukhavati, seduti sul pullman, guardavano fuori dal finestrino. Sebbene Oliver avesse parlato loro del Mondo per migliaia di anni, e vivessero lì ormai da sei mesi, c'era sempre qualcosa di nuovo da scoprire.

Erano contenti. Capitava che per lunghi periodi dimenticassero del tutto Sukhavati e si godessero pienamente la vita sulla Terra.

In quel momento, la cosa che più li preoccupava era la promessa, fatta al padre e alla madre, di stare ben attenti a non farsi vedere nudi dai loro compagni durante la gita. Non sempre era così facile, ma ormai si erano abituati a ricordarsi che non erano proprio uguali agli altri bambini.

Durante quei giorni fecero lunghe passeggiate in montagna, pescarono le trote in un fiume e andarono anche a cavallo.

Tutto era nuovo ed eccitante.

Improvvisamente, una mattina, accadde una cosa fantastica. Per i due bambini, intendo dire...

Lik e Lak si erano alzati prima degli altri. Volevano andare a vedere l'alba, perché avevano sentito dire che l'alba d'ottobre, quando ci si trovava in montagna, era uno spettacolo da non perdere.

Nell'istante preciso in cui il sole fece capolino dietro la montagna, videro che i suoi raggi si riflettevano su qualcosa di lucido nell'aria. Un oggetto immobile, che più che altro assomigliava a una grossa bolla di sapone...

Un attimo dopo la bolla si trovava a terra, vicino a loro. Ma non era affatto una bolla di sapone. Era invece una grande sfera di cristallo. E dentro la sfera di cristallo c'era... Oliver!

Lik e Lak si misero ad agitare le braccia, urlando di gioia.

«Oliver!» gridarono.

Oliver si diresse verso di loro.

«Su, su, piccolini miei. Non esagerate, per favore! Come vanno le cose nella favola?»

I due bambini gli si gettarono addosso.

«Bene, Oliver. Ma la sfera si è rotta...»

«Ah, certo, certo... E adesso... adesso immagino che vogliate tornare a casa con me, a Sukhavati?»

Lik e Lak si guardarono. Improvvisamente si resero conto che non era poi così facile rispondere a quella domanda.

Cosa volevano, in realtà? Tornare a casa, da Oliver, al castello di Ananda, all'eternità? Oppure preferivano restare nel Mondo, con Hans Petter, Anne Lise e tutti gli altri?

Erano come due bambini che abbiano trascorso una lunga vacanza lontano dai genitori. Hanno avuto nostalgia di mamma e papà per tutto il tempo, ma quando finalmente i genitori vengono a prenderli... be', allora rimangono delusi perché la vacanza è terminata.

I bambini di Sukhavati si erano affezionati moltissimo al Mondo. Ma sapevano anche che se avessero scelto di restare lì avrebbero continuato a crescere, sarebbero diventati vecchi e un giorno... un giorno la vita sarebbe finita.

Lik e Lak rimasero immobili a fissarsi negli occhi. Erano seri come quel giorno in cui si erano infilati nella sfera di cristallo nella pianura di Advaita, per intraprendere il lungo viaggio.

Entrambi fissarono Oliver, e anche lui li guardò, con un'ombra di tristezza negli occhi.

Lik e Lak gli gettarono le braccia al collo e scoppiarono in lacrime.

«Non *possiamo* andarcene dal Mondo» disse Lik tirando su col naso. «Nessuno che sia stato sulla Terra può voler far cambio con qualcos'altro. Qui non vivremo in eterno, lo sappiamo, Oliver... ma un'ora quaggiù vale più di mille ore a Sukhavati».

Oliver le fece una carezza sui capelli neri.

«E poi non possiamo abbandonare così Anne Lise e Hans Petter» singhiozzò Lak. «Sparire in questo modo è da sfacciati, o per lo meno scortese».

Oliver sollevò il bambino tra le braccia muscolose e lo strinse forte prima di rimetterlo giù.

«Lo immaginavo...» disse in tono pensoso. «Sukhavati non è il luogo giusto per gente come voi... Ma volevo darvi una possibilità di tornare indietro».

«Perché gli abitanti del Mondo non possono vivere in eterno come a Sukhavati?» chiese Lak. «Perché ogni cosa sulla Terra deve morire?»

Oliver si sedette sull'erica. «Sedetevi» disse, «così vi racconterò tutto...»

I bambini si sedettero accanto a lui, Lik da una parte e Lak dall'altra. Oliver si sporse in avanti e strappò da terra un ciuffetto d'erica, gliela mise davanti agli occhi e disse:

«Sono stato capace di dar vita a questa, ma non sono riuscito a estendere il tempo che avevo creato».

«E perché no?» chiese Lak in tono duro.

«Non si può tirar fuori un pesce dall'acqua. In questo caso non è più un pesce...»

Lik e Lak lo guardarono meravigliati, ma iniziavano a capire cosa intendeva...

«Lo stesso vale anche per il Mondo» continuò Oliver. «Se non fosse stato per il tempo, non sarebbe nata nemmeno la favola. Vi piaceva tanto ascoltare i miei racconti sul Mondo, perché qui *succedono* tante cose, perché tutto è pieno di vita. A Sukhavati siamo così poco vivaci perché manca il tempo. L'unico evento importante, a Sukhavati, è quando sgorgano le lacrime dal Fiore di Cristallo... e come ricorderete, non accade molto spesso».

Oliver rimase seduto a rimuginare. I bambini credevano che stesse pensando al Fiore di Cristallo...

«Secondo me è ben triste che tutto ciò che esiste al Mondo sia destinato a scomparire» disse Lak in tono quasi offeso.

«Ma non è soltanto triste, ragazzo mio. È il tempo che dà al Mondo la sua freschezza e la sua vitalità. Senza il tempo non sarebbe possibile fare dei bambini, una delle cose più belle che ci siano... Pensate, veder crescere un nuovo abitante del Mondo. A Sukhavati non possiamo vivere esperienze del genere. Ora voi avete l'occasione di stare qui, ma nello stesso tempo di preparare la favola per tutti quelli che verranno dopo di voi. Tutti sulla Terra partecipano alla creazione di un nuovo Mondo...»

Lik lo fissò con i suoi occhioni scuri: «Avremo sicuramente nostalgia di Sukhavati. Ma là non facevamo altro che pensare alla favola...»

«È vero» annuì il vecchio.

«Non potremo mai cambiare idea?» chiese Lak.

Oliver scosse la testa. «Se torno a Sukhavati da solo, questa è l'ultima volta che ci vediamo. Non appena sarò tornato nella pianura di Advaita, questa sfera perderà il suo potere, e io non ho altro cristallo come questo. Lo sapevo fin dall'inizio: sarebbe bastato soltanto per due viaggi...»

Lak indicò la sfera di cristallo. «Ma non è stata fatta anche questa con le gocce dell'Erba delle Lacrime?»

Oliver annuì con aria misteriosa.

«Ma allora ne scaturiranno altre» tentò di dire Lak. «E in questo caso potrai tornare qui quando ne saranno cadute abbastanza per fabbricare un'altra sfera di cristallo...»

Il viso di Oliver si fece triste e vuoto. Scosse la testa.

«Mi servono molte migliaia di gocce per poter costruire un'altra sfera di cristallo, e questo significa che devono passare altrettanti anni. Forse non sono troppi, per noi di Sukhavati, ma allora sarà tardi per venire a prendere Lik e Lak. E un giorno, un giorno l'Erba delle Lacrime si seccherà. Può darsi che accada molto presto. Il Fiore di Cristallo non ha più bisogno di piangere, ora che Lik e Lak sono venuti nel Mondo...»

Lik e Lak si scambiarono uno sguardo pieno di stupore.

«Hai intenzione di svelarci il segreto, adesso?» chiese Lik esitando. «Ci svelerai il segreto del Fiore di Cristallo?»

Oliver circondò i gemelli con le braccia, stringendoli forte.

«L'Erba delle Lacrime non è sempre stata a Sukhavati» cominciò. «Un giorno, molto tempo fa, arrivò la bella Lakshmi dal paese di Lokeshvara, a ovest di Sukhavati. È un paese pieno di luce e di vita come il Mondo... Lakshmi aveva con sé due gemelli... eravate voi. Ma a Sukhavati vi perdeste: vi eravate smarriti in mezzo al cumulo di pietre ai piedi del Monte Sunyata. Lakshmi cercò a lungo Lik e Lak, senza trovarli. Alla fine dovette partire: altrimenti non avrebbe mai più potuto fare ritorno al suo paese. Al momento di partire Lakshmi pianse a lungo, e una lacrima cadde sul pendio del Monte Sunyata. Quella lacrima si trasformò nell'Erba delle Lacrime...»

Oliver guardò serio i due bambini. Ciò che raccontava risaliva a un periodo talmente lontano, che

Lik e Lak non ricordavano nulla. Rimasero seduti in silenzio, ascoltando il racconto di Oliver.

«Le promettemmo che, una volta ritrovati i bambini, ci saremmo presi cura di loro, ed è ciò che abbiamo fatto, fin da quando dal Fiore di Cristallo è scaturita la prima goccia. Grazie alle perle di cristallo, non solo abbiamo iniziato a misurare il tempo: il loro potere magico ci ha anche permesso di creare la grande favola».

I bambini di Sukhavati rimasero a lungo seduti con lo sguardo perso nel vuoto. Dunque non erano sempre stati a Sukhavati, fin dall'eternità...

«Ma non è tutto» continuò il vecchio. «Il Mondo non è stato creato per puro divertimento: la grande favola ha avuto origine perché voi poteste vivere in un paese che somigliasse a quello da cui un giorno eravate partiti. Ho cercato di ricordare tutto ciò che la bella Lakshmi raccontava di Lokeshvara, ed è stata Olivia a dar vita ai miei ricordi. Ora siamo riusciti a ricreare quel paese straniero. E dunque, in un certo senso Lakshmi è riuscita a riportarvi a casa...»

«Ma Lakshmi tornerà?» chiese Lik. Una lacrima stava per scivolarle sulla guancia. «Riuscirà, un giorno, a tornare a Sukhavati?»

Oliver scosse la testa: «Se avesse potuto farlo, sarebbe venuta molto tempo fa...»

Improvvisamente si sentirono provenire dei rumori dall'edificio vicino.

«Sarà meglio che vi affrettiate a decidere, prima

che ci scoprano» disse Oliver, guardando verso l'edificio che ospitava le classi in gita.

Lik e Lak si presero per mano e si guardarono. Dovevano scegliere il Mondo, dove il tempo è in grado di trasformare anche le montagne più alte... oppure Sukhavati, dove il tempo rimane quasi immobile?

«Restiamo qui» rispose Lik deglutendo a fatica. «Restiamo con gli esseri umani sulla Terra, Oliver. Hai sentito?»

Lak non ce la fece più: abbracciò il vecchio e scoppiò a piangere.

«Non ti dimenticheremo mai!» sussurrò. «E nemmeno Ananda, ma d'ora in poi il nostro castello apparterrà a te. E centomila abbracci a Olivia da parte nostra... Se Lakshmi torna a Sukhavati, saluta anche lei...»

Lik e Lak si alzarono e iniziarono a ballare intorno al vecchio, toccandolo dappertutto, perché sapevano che era l'ultima volta...

«Non dimenticheremo mai l'incarico che ci hai affidato» disse Lik seria. «Faremo sapere agli esseri umani che il Mondo è una grande favola...»

«Ma non parlate troppo di Sukhavati» disse Oliver alla fine. «E nemmeno di Lokeshvara. Bisogna vivere dove ci è dato di vivere: è per questo che ho sempre taciuto sull'origine dell'Erba delle Lacrime...»

Proprio in quel momento accadde una cosa incredibile.

Improvvisamente Olve fece capolino da dietro una grossa roccia. Aveva seguito Lik e Lak per tutto il tempo, e forse aveva sentito quello che si erano detti...

Salutò Oliver con molta solennità, e lui rispose con un profondo inchino. Per un lungo istante rimasero in piedi a guardarsi, senza che nessuno dei due aprisse bocca. In effetti si assomigliavano parecchio.

Entrambi accesero la pipa. Fumarono a lungo, sempre in piedi. Sembravano tutti e due piuttosto imbarazzati. L'unica differenza era che uno emetteva nuvolette a forma di cani, gatti e pipistrelli, mentre dalla bocca dell'altro usciva solo un caos bianco e fumoso.

«Andate là vicino alla sfera, voi due» disse Oliver.

I due uomini volevano scambiare qualche parola a quattr'occhi. I bambini videro che Oliver metteva una mano sulla spalla di Olve. Sembrava che gli stesse dicendo qualcosa di molto importante...

Dopo un po' Oliver fissò lo sguardo sul paesaggio. Aveva gli occhi lucidi.

«Questa è Lokeshvara...» mormorò. «Ecco com'è quel paese... L'ho sempre saputo, ma certo è ben strano *trovarsi* qui...»

Poi andò anche lui verso la sfera. E fu allora che i bambini si accorsero che stava piangendo. Povero Oliver. Si asciugò gli occhi con il dorso della mano e poi ricominciò a piangere. Si asciugò di nuovo, ma alla fine smise e lasciò che le lacrime gli scorressero sul viso.

I bambini della scuola stavano uscendo di corsa dall'edificio. Oliver doveva sparire immediatamente.

L'ultima cosa che videro i due bambini di Sukhavati fu Oliver che, seduto nella sfera, li salutava agitando le mani.

«A Sukhavati!» disse.

E la sfera sparì. Improvvisamente, non c'era più nulla.

Lik e Lak non avevano mai visto nulla di tanto vuoto come il quadratino d'erba dove un attimo prima si trovava la sfera di Oliver.

«Ormai è troppo tardi!» disse Lak, prendendo sottobraccio la gemella. «Ti sei pentita?»

La bambina riuscì a fatica a tirar fuori le parole. «Non so...» disse soltanto. E poi scoppiò di nuovo in lacrime.

Strinsi forte a me i due bambini e dissi che dovevano tornare di corsa dai loro compagni.

«Non una parola, a nessuno» dissi. «Neanche ad Anne Lise e Hans Petter, capito?»

E io che vi racconto tutto questo, io che ci ho

scritto sopra un libro, io che non riesco a pensare ad altro, rimasi a lungo steso a piangere in mezzo all'erica.

Non piangevo soltanto perché avevo visto con i miei occhi quanto avevano sofferto i due bambini nel salutare per sempre un caro amico. Piangevo perché sapevo quanto sarebbe costato loro vivere quaggiù da esseri umani. E forse anche perché pensavo che non vivrò per sempre in questo Mondo...

Dopo quest'episodio, cominciai ad andare spesso a trovare Lik e Lak in via della Montagna. Non parlavamo mai di Sukhavati. Di tanto in tanto versavamo insieme qualche lacrima, ma senza mai dire a voce alta il motivo del nostro pianto.

Hai mai guardato le stelle?

Sei mai rimasto fuori a lungo, soltanto per contemplare le stelle? Così a lungo da sentirti girare la testa. Non perché tenevi la testa piegata all'indietro, ma perché il tuo sguardo arrivava tanto lontano.

Cosa *c'è* laggiù, al di là delle stelle più lontane? Cosa c'è al di là di tutto?

Indice

C'è nessuno?

Jostein Gaarder

Joakim, otto anni, in attesa di un fratellino, è rimasto solo in casa. Sua madre, colta dalle prime doglie, è corsa in ospedale accompagnata dal padre. Joakim guarda fuori dalla finestra: a un tratto si accorge che c'è un bambino appeso per i calzoni e a testa in giù a un albero del giardino. È una strana creatura, simile a un umano, ma non del tutto uguale. Viene da un altro mondo. I due, parlando, si raccontano e si interrogano sulle proprie origini, finendo, quasi inavvertitamente, col porsi i grandi interrogativi che riguardano la vita e il suo significato. Con straordinaria semplicità e senza divenire mai didascalico, l'autore del *Mondo di Sofia* ci racconta la nascita della vita, l'evoluzione della specie, la concezione del tempo e dello spazio, l'esistenza di un dio creatore, la relatività della conoscenza, la ricchezza della diversità, il valore dell'amicizia.

SALANI EDITORE

Finito di stampare
nel mese di aprile 1999
per conto della Adriano Salani Editore s.r.l.
dalla Milanostampa di Farigliano (Cuneo)
Printed in Italy